UN MEURTRE À LA POINTE

UN MEURTRE
À LA
POINTE

CATHERINE COLES

Traduit de l'anglais (Royaume-Uni)
par Camille Cosson

City
Roman

Publié pour la première en anglais sous le titre de *Daggers at the country Fair*
par Boldwood Books Ltd.
Droits de traduction gérés par The Agency srl di Vicki Satlow.
Couverture : Boldwood Books Ltd
ISBN : 978-2-8246-2224-8
Code Hachette : 61 9719 1

Collection dirigée par Christian English & Frédéric Thibaud
Catalogues et manuscrits : city-editions.com

Dépôt légal : Juin 2023

À ma tante Jan, qui était
très douée pour percer
les secrets des autres sans
jamais révéler les siens !

Liste des personnages

- MARTHA MILLER : la narratrice et protagoniste
- RUBY ANDREWS : la sœur de Martha
- LUKE WALKER : le pasteur de Westleham
- BEN ROBERTSON : l'inspecteur principal de police
- ADA GARRETT : la commère du village
- MAUD BURNETT : la voisine de Martha, commère elle aussi
- FREDDIE BUTLER : l'ami de Luke et pasteur de Winteringham
- DORIS BUTLER : son épouse
- JANET BUTLER : la fille de Freddie et Doris
- HELEN KENNEDY : la nièce de Doris
- EDITH DAVIES : la bonne à tout faire des Butler
- ANNIE RAYNOR : l'organisatrice de la foire agricole
- ROBERT WILLIAMS : le patron du Railway Inn, le pub du village
- WINIFRED WILLIAMS : son épouse

- Le docteur Harold Reynolds : le médecin du village
- Vera Reynolds : son épouse et secrétaire du cabinet médical
- Kenneth Chapman : l'assistant du boucher et petit ami d'Helen
- Arthur Simpson : le boucher
- Betty Percival : la mère d'Helen
- L'agent Charlie Peterson : l'agent de police de Winteringham

1

Berkshire – septembre 1947

L'autobus progressait lentement dans les ruelles du village. Absorbée dans la contemplation des champs fraîchement moissonnés, je m'adressai à mon ami, Luke Walker, sans me tourner vers lui.

— Parlez-moi de ce fameux Freddie.

— Il va vous plaire, Mme Miller. Il a toujours le mot pour plaisanter. Pendant notre formation, je me tordais de rire sans arrêt avec lui.

En privé, il m'appelait par mon prénom, Martha. En public, cependant, il veillait à respecter les convenances. Après tout, il était le pasteur de notre village et nous préférions rester corrects. Surtout depuis la visite de l'évêque.

J'observai discrètement son séduisant profil.

— Il m'a l'air d'un joyeux drille. Je me demande si l'évêque se déplace aussi pour le sermonner, comme il le fait avec vous.

Il esquissa un sourire.

— Inutile. Freddie est marié et père d'une petite fille. Il ne représente aucune menace pour les femmes célibataires de sa paroisse.

Plus tôt, cet été-là, l'évêque avait honoré Westleham de sa présence afin de nous mettre en garde, Luke et moi-même, au sujet de notre relation. Un de nos concitoyens était allé l'informer de notre proximité, jugée inacceptable compte tenu de sa profession et de ma situation de femme mariée (bien que mon époux se soit volatilisé dans la nature).

— Oh ? Comme c'est charmant. Quel âge a-t-elle ?

Il haussa les épaules.

— Je devrais le savoir… Vous parlez d'un ami ! Tout ce que j'ai retenu de ses lettres, c'est qu'elle s'appelle Janet, qu'elle a déjà des dents, mais qu'elle ne marche pas encore.

J'affichai un sourire forcé.

— Entre trois et dix-huit mois, donc ? Adorable.

J'avais beau scruter obstinément le paysage, je sentais que Luke m'étudiait. N'étant pas très à l'aise lorsqu'il était question d'enfants, je donnais souvent l'impression de ne pas les aimer. Mon mari et moi n'en avions pas eu avant la guerre et, une fois rentré, il m'avait à peine regardée avant de partir travailler un matin pour ne jamais revenir.

— Est-ce qu'on arrive bientôt, révérend ? s'enquit Maud Burnett, assise derrière nous.

Elle habitait le cottage voisin du mien. Luke se retourna pour lui sourire, le coin des yeux orné de pattes-d'oie.

— C'est la troisième fois que vous me posez la question depuis qu'on a quitté Westleham. Je vous rappelle que ce n'est pas moi qui conduis l'autobus !

— Vous voyez les panneaux mieux que moi, argua-t-elle. Mes yeux ne sont plus ce qu'ils étaient.

— Ben voyons ! répliqua Ruby à mi-voix. Rien ne lui échappe, à cette femme.

Je me tournai vers ma jeune sœur, assise de l'autre côté de l'allée avec Lizzie, ma chienne.

— Chut ! Ne sois pas impolie.

Je me sentais toujours obligée de la réprimander. Pourquoi, je me le demandais – elle n'en tenait jamais compte.

Elle était mon parfait opposé, aussi bien physiquement que par le caractère. Elle était blonde, se maquillait, travaillait à l'usine et avait tendance à dire ce qu'elle pensait sans réfléchir.

Quant à moi, j'aimais décrire mes cheveux comme étant blond vénitien, je n'avais pas le temps de me pomponner, je quittais rarement mon jardin et je passais le plus clair de mon temps en tête à tête avec ma chienne, que je considérais comme ma meilleure amie. Non, ce n'était plus tout à fait vrai. Les mois précédents, j'avais fait de gros efforts pour nouer des liens et j'avais désormais quelques amis humains.

Je repensai à l'affreux incident survenu deux mois plus tôt, au concours de notre village, qui, contre toute attente, m'avait amenée à passer plus de temps auprès des habitants de Westleham. Alice Warren, la présidente du concours, s'était effondrée alors qu'elle s'apprêtait à rendre son verdict, visiblement empoisonnée. Mon gin à la prune maison étant la dernière chose qu'elle ait consommée avant son trépas, je m'étais démenée pour prouver mon innocence et restaurer la réputation de ma recette.

À cette occasion, le pasteur et moi avions formé une étonnante équipe et, au fil de notre enquête, je m'étais peu à peu liée d'amitié avec mes voisins. Trop longtemps, j'avais gardé mes distances, méfiante des quelques mauvaises langues qui avaient fait courir le bruit que mon mari disparu se trouvait sans doute enterré sous mes plants de pommes de terre. Au fond, certains croyaient peut-être encore à ce scénario ridicule, mais j'apprenais à me focaliser sur les autres, ceux qui n'avaient pas peur de m'approcher.

Luke désigna un panneau par la fenêtre.

— Plus que trois kilomètres ! On y est presque, Mme Burnett.

— C'est drôle. J'avais perdu l'habitude de lire les panneaux, confiai-je.

Bien que nous vivions à distance de la côte, le conseil municipal avait fait recouvrir toute la signalisation des environs en prévision d'une invasion allemande – même si les risques que l'ennemi s'attaque à la campagne du Berkshire étaient minces.

— Vous n'étiez pas encore née que Bert conduisait déjà cet autobus, fit remarquer Maud. Il n'a pas besoin de panneaux pour lui indiquer la route de Winteringham.

— Tu as le trac, Martha ? m'interrogea Ruby.

— Non, mais je suis un peu perplexe. Je ne comprends toujours pas pourquoi c'est à moi qu'on a demandé d'inaugurer la foire agricole.

Habituellement, c'était plutôt la bourgeoisie locale qui se voyait confier la tâche d'ouvrir les festivités de leur village. Moi, je n'étais qu'une femme au foyer d'une petite commune. Qui étais-je pour inaugurer un événement où l'on attendait la moitié du comté ?

— Tu es presque célèbre ! fit valoir ma cadette, pleine d'enthousiasme. N'est-ce pas, monsieur le pasteur ?

Luke m'observait d'un regard déroutant, mélange de tendresse qu'un parent porte à son enfant et de triste résignation. Je n'avais pas le cran de lui demander ce qu'il signifiait – la conversation frôlerait l'inconvenance et je préférais sans doute ne pas connaître la réponse.

— En effet, confirma-t-il à mi-voix. Votre sœur a arrêté l'assassin de cette pauvre Mme Warren. C'est une véritable héroïne.

— À vrai dire…

— Pas un mot ! m'interrompit Ruby, une main levée. Rappelle-toi ce qu'on a dit. Quand tu reçois un compliment, accepte-le sans contester. Tu es aussi belle que brillante et il est tout à fait compréhensible que certains souhaitent le souligner.

Je détournai le regard, rouge de honte.

— Tu n'es pas tout à fait partiale.

Ma sœur avait à cœur de m'apprendre les choses qui, chez elle, étaient comme une seconde nature : se maquiller, suivre la mode avec un petit budget et, surtout, avoir une bonne dose d'amour-propre.

Maud se tourna vers moi.

— Elle a raison, ne soyez pas si modeste ! Sans le piège que vous avez tendu à ce maniaque, je n'ose pas imaginer ce qu'il aurait fait d'autre…

J'avais effectivement élaboré le coup monté qui avait permis à la police de l'appréhender, mais je n'aurais jamais découvert son identité sans l'aide de mes nouveaux amis. À mon sens, le mérite nous revenait à tous équitablement.

Mais mon opinion n'avait pas grande importance. C'était moi, et personne d'autre, qui allais devoir inaugurer la foire le lendemain matin. Je n'avais qu'un espoir : que l'événement se déroule sans heurts, contrairement à la foire de notre village.

*

Quelques minutes plus tard, l'autocar arriva en plein bourg de Winteringham. Dans le parc, qui s'étendait face au pub, on s'affairait à préparer l'événement tant attendu qui commencerait à 11 heures, le lendemain matin.

D'une démarche déterminée, une femme de grande taille s'écarta de la foule pour s'approcher de notre convoi. Sitôt qu'elle nous vit descendre, elle lança :

— Mme Miller ? Je cherche une Mme Miller. Martha Miller ?

Comme s'il pouvait y en avoir plus d'une à bord du petit autobus qui avait serpenté les étroites routes reliant les communes du Berkshire… Ruby m'arracha des mains la laisse de Lizzie et me poussa doucement en avant.

— Ton public t'attend.

— C'est moi, marmonnai-je, priant pour que la nouvelle venue ne m'ait pas entendue.

Elle me serra vigoureusement la main.

— Je m'appelle Annie Raynor.

— Ravie de vous rencontrer, Mme Raynor.

— Mademoiselle, rectifia-t-elle. Difficile de trouver un homme quand on est plus grande que la plupart d'entre eux.

Elle se garda d'évoquer la raison la plus évidente. Après la guerre, il ne restait plus assez d'hommes pour toutes les célibataires – qu'elles soient grandes, petites ou dans la moyenne. Annie, qui semblait avoir environ mon âge, me plut immédiatement.

— Voici Ruby, ma sœur, dis-je en me tournant pour la lui présenter – elle la salua d'un signe de la main. Notre pasteur, M. Luke Walker…

— Ah, vous êtes attendu au presbytère, révérend Walker ! intervint Annie. Apparemment, vous connaissez notre pasteur. Il tenait absolument à ce qu'on vous envoie chez lui dès votre arrivée. C'est au bout du parc, sur la gauche. C'est assez inhabituel que le presbytère soit séparé de l'église, je sais. Mais c'est drôlement pratique quand on veut préparer du thé et des sandwiches pour les pauses des matches de cricket. Non pas que la plupart des villages du coin soient capables de réunir une équipe. Figurez-vous qu'ils refusent de me laisser jouer !

— Vraiment…

Ce fut le seul mot que je parvins à prononcer avant qu'Annie ne poursuive. Je ne la vis même pas reprendre sa respiration.

— Ridicule, n'est-ce pas ? Pendant la guerre, on nous confiait n'importe quelle tâche, à nous, les femmes. Et, maintenant que c'est terminé, on attend de nous qu'on retourne vaquer à nos occupations ! Ils ne voient donc pas que plus rien n'est pareil ? Les temps ont changé ! N'est-ce pas, Mme Miller ?

— Oui…

— Vous avez arrêté un ignoble meurtrier à vous seule, tout de même ! Dès que j'ai lu la nouvelle dans le journal, j'ai su que vous étiez la personne rêvée pour inaugurer la foire. Une femme comme moi, qui refuse de retourner vivre dans l'ombre d'un homme. Oh ! Mais je m'égare. Excusez-moi. L'article ne faisait pas mention de votre mari, mais je présume que vous avez perdu M. Miller.

— D'une certaine façon, oui.

Elle braqua subitement son regard sur moi.

— Que voulez-vous dire par là ?

— Stan est rentré vivant de la guerre. En revanche, il est parti travailler il y a un an, comme si de rien n'était, et je ne l'ai jamais revu.

— Et vous n'avez pas résolu le mystère de sa disparition ? Je ne peux pas le croire ! Retrouver la trace d'un homme récalcitrant, ce ne doit pas être plus difficile qu'appréhender de dangereux criminels, si ?

— Malheureusement, quand l'homme en question ne veut pas être retrouvé, c'est plus délicat qu'on l'imagine.

— Quel imbécile ! Bon, venez. Je vais vous montrer comment tout est organisé.

Je jetai un regard à mes bagages, abandonnés sur le trottoir.

— Je devrais…

Mais Annie s'empara de mon bras pour m'entraîner en avant.

— Ne vous en faites pas. Occupez-vous de ses valises, monsieur le pasteur ! Et filez au presbytère, votre ami est impatient de vous voir.

J'échangeai un sourire avec Luke tandis qu'il ramassait nos malles, puis je jetai un coup d'œil à la bâtisse indiquée par Annie. Ruby, elle, m'adressa un geste de la main plein d'entrain.

— Je te laisse entre les mains compétentes de Mlle Raynor. À tout à l'heure !

Annie haussa un sourcil.

— Cette jeune femme est-elle vraiment votre sœur ? Elle ne vous ressemble pas du tout.

Je ne décelai ni critique ni désapprobation dans son expression. Le tempérament spontané de ma cadette, la modernité de son style vestimentaire, de son maquillage et ses cheveux teints ne plaisaient pas à tout le monde. Mais, visiblement, Annie n'était pas femme à juger. Pas étonnant, tout compte fait, puisqu'elle avait réussi l'impensable en m'engageant pour ouvrir la foire. Le comte de Chesden, dont la famille s'en était chargée pendant des années, ne devait pas en revenir.

— Oui, elle vit avec moi dans mon cottage, à Westleham.

— Je vois.

Elle m'observa un instant avant de resserrer sa prise sur mon bras pour m'entraîner au bord du trottoir. Après un coup d'œil à droite et à gauche, elle me fit traverser la route à la hâte.

— Il faut que je vous montre comment on a tout disposé. Comme ça, demain, vous pourrez vous servir sans avoir à chercher.

— Me servir ?

À ma connaissance, mon rôle se limitait à présider l'inauguration. Ensuite, je serais libre de vaquer à ma guise.

— Vous êtes notre invitée d'honneur. Après l'inauguration, vous pourrez prendre tout ce qui vous plaît. Si vous avez envie d'une tasse de thé ou d'une part de gâteau, elles seront à votre disposition.

— Je ne comprends pas.

— Contrairement aux autres participants, vous n'aurez pas à débourser un seul penny, expliqua-t-elle avant de désigner une table. Voilà où se vendront les entrées. C'est Edith Davies qui tiendra la caisse. Vous allez sûrement la rencontrer tout à l'heure. C'est la bonne à tout faire du pasteur.

Avec une incroyable énergie, que j'étais bien incapable d'imiter, elle m'entraîna aux quatre coins du parc communal. Elle me conduisit d'abord à l'espace délimité où le paysan du coin proposerait des tours de poney, puis aux différents emplacements où se tiendraient les attractions et, enfin, aux nombreux stands destinés à la vente de pâtisseries maison.

Elle indiqua un mât de bois fièrement dressé au milieu de la pelouse verdoyante.

— Le mois de mai est passé, bien sûr, mais on a prévu des danses autour de l'arbre de mai, m'expliqua-t-elle avant de se mordre la lèvre, soudain hésitante. Vous croyez que ça ira ?

— Je ne vois pas le problème. C'est un divertissement très populaire. Je suis sûre que ça se fait à la fin de l'été dans certains pays.

L'appréhension se lisait sur les traits de l'organisatrice.

— J'espère que la foire sera une réussite. Personne n'est aussi ordonné que moi dans ce comté – c'est moi qui le dis, bien sûr –, mais les hommes d'ici se feraient une joie de me voir échouer.

Je me reconnaissais tout à fait dans ses paroles.

— Certains de mes voisins sont contrariés de me savoir présider la foire de Westleham, moi aussi. Heureusement, la majorité me soutient et se moque que je sois une femme.

Elle m'adressa un petit sourire.

— Vous en avez de la chance ! Je ne suis pas très populaire auprès de mes concitoyens, voyez-vous. À cause de mon franc-parler.

— Entre vous et moi, avant notre kermesse, tout le monde croyait mon mari enterré sous mon potager !

Un hoquet de stupeur échappa à mon interlocutrice. Elle se plaqua une main sur la bouche pour retenir un gloussement.

— Vous plaisantez, j'espère ?

Je lui tapotai le bras.

— Non, malheureusement. L'une des commères du village a avancé cette hypothèse et, très vite, tout le monde l'a prise pour argent comptant. Vous voyez, moi aussi, je sais ce que c'est de ne pas avoir la cote.

— Bon Dieu, mais c'est affreux !

— C'était un moment difficile à traverser, admis-je. Au moins, résoudre le meurtre m'a aidée à m'intégrer.

— Vous n'êtes pas de Westleham ?

— Non. Mon mari et moi nous y sommes installés juste avant la guerre. Dix ans plus tard, je ne m'y sens toujours pas à ma place.

— Moi, j'ai vécu toute ma vie à Winteringham. Parfois, je me dis que c'est aussi bien. Après tout, c'est rassurant de connaître ses voisins. Mais il m'arrive de regretter de ne pas avoir vu plus de pays, de ne pas être partie à l'aventure au moins une fois.

— Et moi donc ! Cela dit, maintenant que ma sœur a emménagé avec moi, je vis à travers elle. Elle fait toutes les choses dont je me suis privée. Tout le monde s'attendait à ce qu'une fois mariée à Stan, je devienne mère au foyer, bien sûr.

Annie haussa un sourcil.

— Vous n'avez pas d'enfants, je me trompe ?

Je ravalai la boule douloureuse qui m'obstruait la gorge chaque fois que j'y pensais.

— Non. Nous n'avons pas eu cette chance, Stan et moi. Maintenant, c'est trop tard.

L'organisatrice sembla deviner qu'il valait mieux changer de sujet. Un sourire malicieux étira ses lèvres.

— Ma foi, votre pasteur est tout à fait charmant.

— Oui, c'est vrai, répondis-je prudemment.

Certes, cette Annie me plaisait bien, mais je préférais qu'elle ne sache pas que mes sentiments pour Luke allaient au-delà de l'amitié. Même si nous étions à l'aube d'une nouvelle décennie et que les divorces se multipliaient parmi les vedettes de cinéma, ici, dans le

Berkshire, les choses n'avaient pas beaucoup progressé. Le mariage restait un engagement à vie.

Annie me décocha un nouveau sourire.

— Ce n'est pas très chrétien de ma part, mais... à côté de votre pasteur, qu'on pourrait comparer à Edward VIII, le nôtre a plutôt l'allure d'Henry VIII !

— J'espère qu'il n'a pas autant d'épouses que lui...

Postée derrière le muret qui entourait la bâtisse qu'elle avait désignée comme étant le presbytère, une femme lui adressait des signes de la main.

— Doux Jésus ! Pourvu qu'elle n'ait rien entendu.

— Amenez-nous Mme Miller ! lança l'inconnue. On prend le thé.

— On sera là dans un instant ! répondit Annie avant de se tourner vers moi, un sourire espiègle au coin des lèvres. Je ne crois pas qu'elle m'ait entendue. C'est une bonne pâte, cette Doris. Son mari aussi, d'ailleurs, même s'il est vrai qu'il est aussi large que grand. Ses sermons sont très éclairés.

Elle me conduisit au portail du presbytère, qui semblait avoir été repeint récemment dans un élégant vert sapin. Quant au perron, on venait sûrement de le balayer – il était impeccable.

— Mme Butler prend grand soin de sa maison, remarquai-je.

— Ça oui ! Elle aime que tout soit parfait. Elle a toujours été comme ça, mais elle est encore plus pointilleuse depuis l'arrivée du bébé. Je me demande pourquoi elle garde une bonne alors qu'elle préfère tout faire elle-même.

J'affichai un sourire forcé.

— Quel âge a leur enfant ?

— Janet a... voyons, elle est née aux environs de Pâques, si je me souviens bien, ce qui doit lui faire cinq mois, répondit-elle avant d'ouvrir la porte. Doris vous le dira sûrement. Elle est très fière de son petit trésor. Allez, entrons ! Je suis prête à parier qu'elle a fait un gâteau – et elle est très bonne pâtissière.

*

Du côté gauche du vestibule, Annie poussa une porte, derrière laquelle s'étendait un vaste salon accueillant. J'eus à peine le temps d'admirer la pièce que Luke accapara mon attention. Il était installé dans un fauteuil bergère, le plus joli bébé du monde sur les genoux.

Janet avait les cheveux bruns, les yeux bleus et les joues roses. Elle tourna la tête vers moi et me gratifia d'un sourire qui fit apparaître ses fossettes. Je ne pus pas m'empêcher de sourire à mon tour.

— N'est-elle pas adorable ? me demanda Ruby.

— Oh, si. La plus belle petite fille que j'aie jamais vue.

— Je ne vous le fais pas dire ! s'exclama sa mère, aux anges. C'est la prunelle de nos yeux. Pas vrai, Freddie ?

— Si, ma chérie. J'ai gardé un siège pour notre invitée d'honneur, ajouta-t-il en tapotant le fauteuil voisin du sien. Venez donc vous asseoir, Mme Miller. Doris va vous servir.

Je pris place à côté du pasteur et observai Luke, captivée. La fillette, qu'il faisait rebondir sur son genou, poussait des cris de joie.

La maîtresse de maison me tendit une tasse de thé et déposa une assiette où trônait une énorme part de gâteau sur la table basse, à côté de moi.

— Voilà. Alors, que pensez-vous de notre petite foire ? Annie nous a fait honneur, n'est-ce pas ?

— Si, tout à fait. Je suis impressionnée.

Doris était aussi mince que son mari était robuste. Elle avait le cheveu terne et de longs membres qui lui donnaient l'allure d'un poulain en pleine croissance. Freddie, quant à lui, avait les cheveux clairs et un visage poupin. À la vue des pattes-d'oie qui ornaient le coin de ses yeux verts, je me souvins des paroles de Luke, dans l'autocar, au sujet du sens de l'humour de son ami.

— Alors, Mme Miller, m'interpella-t-il, racontez-moi comment vous avez changé ce bon vieux Luke en véritable détective. Quand je pense qu'il savait à peine déchiffrer les horaires des lignes d'autobus !

— Je n'ai jamais été aussi ignare, tout de même.

Luke se pencha en avant afin de laisser Janet lui agripper les cheveux de ses petits poings potelés. Lorsqu'il secoua la tête, elle gloussa de plus belle. Elle était décidément d'une nature très joyeuse.

— Admets-le, reprit le pasteur de Winteringham. À ton arrivée à l'université, tu savais à peine lacer tes chaussures tout seul.

Luke lança un regard dans ma direction.

— Ne dis pas n'importe quoi, ou Mme Miller va finir par me prendre pour un imposteur. À ses yeux, je suis un homme très accompli.

— Je ne sais pas ce qui est le plus tentant : lui demander de raconter comment vous avez résolu le meurtre ensemble ou lui décrire la première fois où tu as essayé de préparer des œufs durs pour le petit-déjeuner.

Freddie se passa la main sur le menton, comme s'il s'agissait d'un dilemme insurmontable.

— Enfin, Freddie… grommela Luke.

Son épouse secoua la tête.

— Toujours les mêmes, ces deux-là ! Je suis sûre que la plupart de vos histoires sont terriblement exagérées.

— Si seulement ! s'esclaffa son mari. Au contraire, on a plutôt tendance à les édulcorer.

À cet instant, la porte d'entrée s'ouvrit à la volée. Doris se leva d'un bond, l'air contrit.

— Ce doit être Helen, ma nièce. Elle ne sait pas ouvrir et fermer les portes en douceur.

À la suite de quelques échanges à mi-voix dans le vestibule, la maîtresse de maison reparut dans le salon et lança à son mari un regard éloquent.

— Helen préfère ne pas se joindre à nous. Elle a besoin de se reposer après le dîner.

Freddie pinça fermement les lèvres. Toute trace d'humour s'était effacée de son expression, devenue sinistre. Inutile d'être détective pour sentir que quelque chose n'allait pas entre les Butler et leur nièce.

2

— Elle est très jolie, soulignai-je.

Le lendemain matin, Luke et moi étions sortis de bonne heure pour promener Lizzie dans la rue principale de Winteringham. Il hocha la tête, l'expression brièvement traversée par un mélange d'envie et de béatitude.

— Oui, Janet est à croquer.

— Je parlais d'Helen.

Il se tourna vers moi comme pour sonder mon état d'esprit avant de répondre.

— Oh… Oui, c'est vrai. Cela dit, du peu qu'on en a vu, elle est moins commode qu'elle n'est coquette.

Je ne pouvais pas le contredire. Si Helen Kennedy rivalisait de beauté avec Vivien Leigh, son tempérament rappelait plutôt celui de Scarlett O'Hara.

— On l'a peut-être surprise dans un mauvais jour. Vous savez comment sont les adolescents.

Il arqua un sourcil, mais se garda d'autres commentaires. Lui comme moi ne connaissions strictement rien au comportement des jeunes gens.

— Vous n'avez pas trop le trac ?

Je me plaquai une main sur le ventre.

— Si, terriblement. Je ne suis pas sûre de pouvoir avaler quoi que ce soit, même si Doris nous a préparé un délicieux petit-déjeuner.

Il ébaucha un sourire espiègle.

— Quel dommage ! Je vais devoir manger votre part. Il ne faudrait pas gaspiller, tout de même.

Il avait toujours plus d'appétit quand Gertrude Felton, sa bonne à tout faire, n'était pas aux fourneaux. Les plats qu'elle concoctait au presbytère étaient aussi infects que son tempérament.

J'étais tentée de souligner nonchalamment qu'une portion supplémentaire ne nuirait pas à son tour de taille, mais j'avais peine à trouver les mots justes. Toutes les remarques qui me venaient à l'esprit me semblaient bien trop familières. Ruby, elle, n'avait aucun problème pour parler à Luke – ils se taquinaient sans arrêt. Ils avaient une relation complice, presque fraternelle. Encore un point sur lequel ma cadette me surpassait. Mais, après tout, il lui était sans doute plus facile d'être détendue en présence de Luke, étant donné qu'elle n'éprouvait pas les sentiments que je nourrissais à son égard.

— J'espère que vos voisines sont logées confortablement au pub.

Les animaux étaient strictement interdits au Railway Inn, le pub de Winteringham. Voilà pourquoi les Butler avaient généreusement proposé de nous héberger, Ruby, ma chienne et moi. Quant à Luke, il n'avait jamais été question qu'il loge ailleurs, étant le plus vieil ami de Freddie.

— Je suis sûre qu'elles y sont très à l'aise.

J'imaginais tout à fait Ada et Maud partageant une chambre à lits jumeaux. Elles avaient certainement cancané jusque tard dans la nuit à propos de Winteringham et de ses habitants. Elles en savaient si long sur notre propre village qu'elles avaient été d'une aide inestimable, quelques mois plus tôt, au moment d'élucider les meurtres qui y avaient été commis.

— J'ai trouvé très aimable de la part de Mlle Raynor de me permettre d'inscrire Lizzie gratuitement au concours canin.

— C'est vrai, marmonna Luke, distrait. Dites, Martha, est-ce que je peux vous poser une question ?

Il se figea pour m'observer d'un regard si pénétrant que je sentis le feu me monter aux joues.

— Allez-y.

— L'inspecteur Robertson – Ben, précisa-t-il. Il vient souvent chez vous, dernièrement.

Ce n'était pas vraiment une question, même s'il l'avait formulée sur le ton de l'interrogation.

— Oui.

— Mais ce n'est pas pour vous rendre visite, n'est-ce pas ?

À en croire son expression sérieuse et ses sourcils froncés, la réponse semblait très importante à ses yeux.

Mon cœur s'emballa et ma bouche se fit aussi sèche que le fond de la rivière de Westleham en août.

— Il sort avec Ruby.

Il soupira brusquement. Je ne m'étais pas rendu compte qu'il retenait sa respiration.

— Oui, c'est logique.

— Plus logique que s'il était venu me voir moi ? répliquai-je, incapable de tenir ma langue.

Il cligna des yeux, comme si la réponse était évidente.

— Vous êtes mariée, Martha.

Je me détournai pour reprendre mon chemin.

— Sans compter qu'il est plus proche de Ruby en âge que de moi.

— Il n'empêche que vous m'avez laissé croire pendant un moment que c'était à vous qu'il venait rendre visite.

Je pris mon courage à deux mains et me résolus à dire la vérité.

— C'était plus facile comme ça. Vous devez le reconnaître.

J'avais déjà bien assez de mal à maîtriser mes sentiments pour Luke quand je ne le voyais pas régulièrement. D'ailleurs, c'était à peine si j'y étais parvenue lorsque nous avions uni nos forces pour élucider le meurtre d'Alice Warren. La dernière chose dont nous avions besoin, lui comme moi, était de voir revenir l'évêque pour nous reprocher une fois de plus notre proximité.

— Eh bien, ça n'a pas marché longtemps, répondit-il, détaché. Il suffit de quelques minutes en compagnie de Ben pour s'apercevoir qu'il est fou amoureux de votre sœur.

Il aurait été inutile de m'obstiner et d'affirmer que l'inspecteur aurait tout aussi bien pu s'être entiché de moi. C'était faux et Luke était loin d'être idiot. D'autant plus qu'au fond, mon souhait le plus cher était de passer le plus de temps possible en sa compagnie, dans l'espoir qu'il me regarde un jour comme Ben regardait Ruby. Malheureusement, c'était sans espoir.

De l'autre côté de la chaussée, un mouvement capta mon attention. J'empoignai la manche de Luke et le retins une fois de plus.

— Ce ne serait pas Helen ?

Il suivit mon regard et hocha la tête.

— Qui est-ce, avec elle ?

— Je ne vois pas, d'ici. Vous qui êtes plus grand, vous devriez pouvoir, non ?

Il tendit le cou et jeta un regard au coin de la rue où se tenait la jeune fille. À côté d'elle, au-dessus d'une haie de troènes, on devinait un chapeau d'homme, mais son propriétaire demeurait invisible.

— Non, je ne vois pas grand-chose.

— Pourquoi chuchotons-nous, au juste ?

Luke s'éclaircit la voix.

— Ils ont l'air de ne pas vouloir attirer l'attention.

Je m'approchai du bord du trottoir comme si cela pouvait me permettre de mieux distinguer la scène.

— Qu'est-ce qu'il vient de lui remettre ? Vous avez vu ?

— De l'argent, répondit Luke avant de se détourner pour me donner un coup de coude. Continuez à marcher et ayez l'air naturel.

Après ce que nous venions de voir, j'eus le plus grand mal à faire comme si nous sortions simplement Lizzie pour sa promenade matinale, mais je fis de mon mieux. Lorsqu'Helen parvint à notre hauteur, de l'autre côté de l'étroite rue, le pasteur leva son couvre-chef.

— Bonjour, Mlle Kennedy.

La jeune fille esquissa un sourire qui ne pouvait qu'être qualifié de mutin.

— Bonjour, révérend.

Je me retournai pour la regarder rentrer au presbytère. Lorsqu'elle traversa la route et s'engagea dans l'allée du jardin, je la perdis de vue.

— Alors, qu'en dites-vous ?

Les traits de Luke étaient tirés par l'inquiétude.

— J'ai beau chercher une explication logique et innocente à la scène que nous venons de surprendre, je n'y arrive pas.

— C'était une sacrée liasse de billets.

— Elle s'est dépêchée de la fourrer dans son sac à main, ajouta-t-il. C'est louche. Les jeunes filles de son âge ne gagnent pas des sommes pareilles en échange d'un emploi respectable. Quelques piécettes auraient suffi.

— Bonté divine… Vous ne croyez tout de même pas qu'elle s'adonne à une activité illégale ? Ou immorale ?

Il fit la grimace.

— Je n'ose pas y penser. Mais je ne peux pas faire comme si je n'avais rien vu. Je vais devoir en parler à Freddie.

— Vous ne pensez pas qu'il vaudrait mieux questionner Helen d'abord ?

Parvenus au bout de la rue, nous traversâmes la chaussée, sans nous consulter, pour rejoindre l'endroit où l'inconnu avait remis son paiement à la nièce des Butler. Luke scruta la rue de long en large, mais elle était aussi calme qu'avant l'arrivée d'Helen.

— Je me demande qui ça pouvait être… Je ne suis pas sûr d'être l'interlocuteur idéal. Je suis l'ami de son oncle et je ne l'avais jamais vue avant hier soir.

Le voyant m'interroger du regard, je fis non de la tête.

— Ne comptez pas sur moi. Je n'ai aucune expérience des jeunes filles de son âge. Vous, en revanche, vous avez dû apprendre à vous adresser à des paroissiens de tous âges à l'école des pasteurs, non ?

— C'est pourtant à vous que Florence Noble a révélé sa relation secrète avec le fils du fermier lors de notre première enquête.

En entendant ses mots, je ne pus pas me retenir d'éclater de rire.

— Notre première enquête ?

— Ça recommence, insista-t-il, euphorique. Vous ne le voyez donc pas ?

— Ce que je vois, c'est qu'on promène Lizzie et qu'on va rentrer déjeuner au presbytère puis se préparer pour la foire.

Il m'adressa une moue déçue, puis haussa les épaules. Nous dépassions l'emplacement où s'était tenu l'inconnu quand il marmonna :

— Vous vous trompez, Martha Miller. Il se passe quelque chose dans ce village.

Nerveuse comme j'étais à l'idée d'inaugurer la foire, je n'avais pas besoin d'une préoccupation supplémentaire. Les fréquentations d'Helen Kennedy ne nous regardaient pas. Les Butler nous accueillaient chez eux pour la fin de semaine, point. Malgré tout, j'espérais que l'incident que nous avions surpris était tout à fait innocent et que l'intuition de Luke à propos de Winteringham était fausse.

*

La fierté illuminait le beau visage de Ruby, plantée au premier rang de la foule qui attendait que je déclare la foire ouverte.

— Et voici l'invitée d'honneur de cette édition, Mme Martha Miller ! annonça Annie d'une voix forte, sans se servir du mégaphone qu'elle tenait à la main.

L'assistance éclata en applaudissements. Inutile de regarder ma sœur ou Luke pour savoir qu'ils étaient à l'origine des cris les plus sonores. L'espace d'un instant, mes yeux s'embuèrent. En quelques clignements de paupières, je refoulai mes larmes, puis j'inspirai profondément.

— Tout d'abord, je tiens à remercier Mlle Raynor ainsi que le comité de la prestigieuse foire agricole de Winteringham de m'accueillir ici, dans votre charmant village. C'est pour moi un très grand honneur – un immense privilège, même – d'avoir été invitée à l'inaugurer. Comme vous le savez tous, c'est l'événement le plus attendu dans tout le Berkshire. Puisqu'il se déroule chaque année lors de la première semaine de septembre, il marque la fin de l'été – même s'il n'y paraît pas, étant donné le temps radieux qu'il fait aujourd'hui.

Je jetai un regard à Annie, qui me remit une grande paire de ciseaux de couture.

— Allez-y ! glissa-t-elle, les yeux pétillants.

Je m'avançai vers le ruban rouge tendu à l'entrée du parc communal et ouvris les ciseaux, prête à couper.

— Je déclare la foire agricole de Winteringham ouverte !

Lorsque les deux pans du ruban tombèrent, des hourras s'élevèrent de la foule de visiteurs rassemblés à l'entrée. Annie me fit passer à la hâte à l'intérieur, laissant l'accueil du public à Edith Davies, la bonne du pasteur.

— Vous avez réussi !

L'organisatrice posa sur le sol son porte-bloc et son mégaphone pour m'attirer spontanément dans ses bras.

Je m'efforçai de me détendre. Après notre enfance plutôt austère, Ruby avait appris en un rien de temps à se montrer plus tactile avec ceux qu'elle appréciait. Moi, j'avais encore du mal à donner et recevoir de l'affection – même de la part de ma sœur.

— Je crois que je n'ai jamais été aussi nerveuse.

— Pourtant, on croirait que vous prononcez des discours tous les jours ! m'assura Annie. Vous vous en êtes très bien sortie. La foire est ouverte, le soleil brille... Qu'est-ce qui pourrait gâcher cette journée ?

— Absolument rien.

Je rendis son sourire à ma nouvelle amie et nous nous retournâmes d'un même mouvement pour regarder la foule affluer dans le parc, avant de se disperser aux stands disposés de part et d'autre de l'entrée.

Ses paroles me rappelèrent les soupçons qu'avait formulés Luke, ce matin-là, au sujet de Winteringham. Je tentai encore de me convaincre qu'il dramatisait, mais je n'étais pas sereine. Au fond, il avait raison : le rendez-vous secret d'Helen avec ce mystérieux inconnu et leur échange d'argent était tout à fait louche.

Derrière nous se dressait un grand chapiteau où l'on servait thé et café. À l'intérieur, on avait disposé tables et chaises afin de permettre aux visiteurs de s'asseoir et siroter leurs boissons, avant de découvrir les stands suivants ou de goûter aux nombreuses spécialités faites maison.

— Vous permettez que je vous laisse seule le temps de m'assurer que personne ne manque de rien ?

— Bien sûr.

Annie partie, je pris le temps d'observer les visiteurs. Ils étaient souriants et s'interpellaient gaiement. Une certaine fébrilité flottait dans l'air.

— Que je ne revoie plus jamais cette traînée dans ma boutique !

Surprise par cette voix stridente venue percer le joyeux brouhaha ambiant, je clignai des yeux. Après avoir jeté un regard alentour, je repérai son propriétaire : un homme de grande taille, à la moustache et aux cheveux roux qui pointait Doris Butler du doigt.

Je la rejoignis à pas pressés et je lui adressai un sourire compatissant. Elle avait les deux mains plaquées sur les oreilles de la petite Janet.

— Que se passe-t-il ?

L'homme agita l'index, qui s'approcha dangereusement du nez de Doris.

— Sa nièce est une menace pour les hommes du village ! Je viens de la surprendre dans ma boucherie avec mon assistant. Ils étaient dans une situation extrêmement compromettante !

— On pourrait peut-être baisser d'un ton et en discuter comme des adultes responsables, suggéra Doris.

— Kenneth a du travail, poursuivit l'homme. Je suis simplement passé m'assurer qu'il lui restait assez de monnaie avant d'emmener ma femme à la foire. Et ce que j'ai vu… C'était à vous faire dresser les cheveux sur la tête !

Le visage de Doris était plus rouge encore que le ruban que j'avais dû couper.

— Je vais lui parler.

L'homme secoua la tête, l'air profondément dégoûté.

— Il va lui falloir plus qu'une bonne discussion ! À peine une demi-heure plus tôt, elle faisait des messes basses avec Robert, au pub. Cette jeune fille n'a causé que des ennuis depuis son retour au village.

— Je vous trouve injuste, monsieur Simpson. Helen…

— Elle va devoir se trouver un travail ou un mari, je ne vois que ça ! rétorqua-t-il, le regard mauvais. Il vaut mieux pour elle qu'elle se range, vu la longueur de la jupe qu'elle portait tout à l'heure. C'est indécent, madame Butler. Surtout quand on sait que votre mari est le pasteur !

Il disparut en trombe, laissant la pauvre Doris au bord des larmes. Elle se pencha pour embrasser sa fille.

— Ne t'en fais pas, ma chérie. Le vilain monsieur est parti.

Janet, qui ne semblait pas troublée le moins du monde, sourit à sa mère. Je retins un soupir. De toute évidence, il s'agissait d'une affaire familiale qui ne me regardait pas. Je me sentais néanmoins contrainte de partager ce que j'avais vu ce matin-là.

— Loin de moi l'idée de m'en mêler, mais… Je ne comptais rien dire pour le moment. D'ailleurs, je n'avais même pas l'intention d'en parler. C'est Luke qui…

Doris installa sa fille dans son landau et l'emmitoufla dans une couverture, malgré la douceur ambiante et sa combinaison en tricot rose, qui devait déjà lui tenir chaud.

— Ne tournez pas autour du pot, madame Miller. Je ne vois pas ce que vous pourriez dire de pire au sujet de ma nièce que ce que vient de me rapporter le boucher.

— Ce matin, je promenais ma chienne avec le pasteur quand on l'a surprise en compagnie d'un inconnu. Enfin, on n'a pas vu l'homme en question – il était derrière une haie.

— Comment pouvez-vous être sûre qu'il s'agissait d'un homme, dans ce cas ?

Malgré ce qu'elle venait d'affirmer, elle tenait à défendre sa nièce.

— On pouvait voir son chapeau au-dessus de la haie. Je crois qu'il lui a donné une importante somme d'argent.

— Eh bien, je ne vois aucune raison de s'affoler, rétorqua-t-elle, le ton léger. Helen travaille. Elle recevait son salaire, tout simplement.

Sa logique ne tenait pas debout, mais je préférai m'abstenir de le signaler. Non seulement sa nièce avait reçu l'argent au coin d'une rue et non sur son lieu de travail, mais, en plus, le rendez-vous s'était tenu au petit matin. Sans compter que Doris s'était justement plainte, la veille, qu'Helen passait le plus clair de son temps à se tourner les pouces à la maison.

Mon devoir était accompli : je l'avais mise au courant de ce dont Luke et moi avions été témoins. Ce qu'il convenait de faire de cette information, c'était à Freddie et elle d'en juger.

— Vous avez raison. Voulez-vous que j'aille nous chercher du thé ?

Elle me jeta un regard empli de soulagement.

— Ce serait très aimable à vous. Merci.

En me dirigeant vers le chapiteau, je m'interrogeai malgré moi sur l'identité de ce fameux inconnu. Aurait-il pu s'agir de Kenneth, l'employé du boucher ? Ou du dénommé Robert qu'il avait vu parler à Helen au pub ? Ou encore d'un autre homme ?

À l'évidence, l'instinct de Luke était plus fiable que le mien. Une affaire sordide planait sur Winteringham et quelque chose me disait que la situation n'allait faire qu'empirer.

*

Après notre thé, Doris et moi partîmes chacune de notre côté. Je comptais rejoindre Ruby pour emmener Lizzie faire ses besoins avant le début du concours canin. Quant à Doris, elle allait essayer de retrouver Freddie afin de lui parler de leur nièce.

— Te voilà enfin ! s'exclama ma sœur. Il y a une de ces foules ! Mlle Raynor doit être ravie.

— Je ne l'ai pas revue depuis l'inauguration, admis-je avant de me pencher vers elle. Je viens d'assister à une scène odieuse entre Doris et le boucher du village.

— Que s'est-il passé ?

Je rapportai les faits à Ruby, sans omettre notre découverte du jour.

— J'ai de la peine pour les Butler. Ils ont l'air charmants, mais cette jeune fille est ingérable.

— Ce n'est encore qu'une adolescente, argua Ruby. Elle cherche peut-être à se rebeller. Où sont ses parents dans cette histoire ?

Je caressai la tête de ma chienne.

— Excellente question. Personne n'en a parlé jusqu'à présent. Pourtant, elle devait vivre avec eux jusqu'à récemment. Le boucher a dit qu'elle n'avait « causé que des ennuis depuis son retour au village ».

— Je me demande ce qui a pu la pousser à s'installer ici. On ne peut pas dire que Winteringham soit très animé.

— Westleham non plus et pourtant tu as choisi d'y vivre avec moi.

Elle me lança un regard éloquent.

— Tu as vécu chez nos parents, tu sais très bien comment c'était. En plus, Westleham est beaucoup plus proche de Londres.

Je baissai les yeux.

— Oui, je suis consciente que c'est pour leur échapper et te rapprocher de la capitale que tu as accepté ma proposition.

Ruby s'empara de ma main.

— Voyons, Martha ! Tu sais que l'histoire ne s'arrête pas là. D'accord, ce sont bien les raisons qui m'y ont poussée, mais je ne me doutais pas à l'époque que je prenais la meilleure décision de ma vie. J'ai une chance inouïe de t'avoir pour sœur. Combien de fois faudra-t-il que je te le répète ?

— Je ne sais pas ce que je ferais sans toi, admis-je dans une effusion de sentiments qui ne m'était pas coutumière.

Ma sœur me prit par le bras.

— Et tu n'auras jamais à le savoir. Allez, emmenons Lizzie faire ses besoins avant qu'elle remporte tous les prix de ce concours.

Nous croisâmes Freddie Butler en plein échange animé avec le boucher, saluâmes Ada et Maud, installées à l'un des nombreux stands de pâtisserie, et éclatâmes de rire en voyant Luke s'efforcer de faire manger une glace à la petite Janet.

Alors que nous longions la toile du chapiteau, Lizzie se mit à tirer de toutes ses forces sur sa laisse avant de s'asseoir brusquement, rejeter la tête en arrière et hurler à la mort. Ruby me lança un regard étonné.

— Qu'est-ce qui lui prend ?

J'étais aussi perplexe qu'elle.

— Je ne sais pas. Il y a un instant, elle tirait si fort sur sa laisse que j'ai cru qu'elle allait la casser.

Ruby s'agenouilla pour caresser la tête de ma chienne qui continuait à s'égosiller.

— Qu'est-ce qui ne va pas, ma jolie ? Tu as marché sur une guêpe ?

Les poils de la nuque de Lizzie s'étaient dressés en une véritable crête de fourrure rousse et des tremblements lui parcouraient les flancs. S'était-elle blessée, comme le suggérait Ruby, ou avait-elle senti autre chose ? Depuis que je l'avais adoptée, jamais je ne l'avais vue se comporter de la sorte. Je me postai devant elle et tirai doucement sur sa laisse.

— Allez, ma fille. C'est l'heure de faire tes besoins.

Pourtant toujours obéissante, elle ne me regarda même pas. Le museau levé vers le ciel, elle continuait à pousser des hurlements ininterrompus, si sonores que j'étais étonnée de ne pas voir une foule de curieux s'attrouper autour de nous.

— Il y a peut-être un animal derrière le chapiteau, supposa Ruby sans grande conviction.

Lizzie adorait pourchasser chats et oiseaux et, s'il lui arrivait de tomber sur des crottes de renard, je l'isolais dans le jardin en attendant de sortir la grande bassine en étain pour la décrasser. Il n'y avait aucune raison qu'un autre animal la plonge dans un tel état.

— On ferait peut-être mieux de retourner à la foire.

Malgré ma suggestion, je remis la laisse de Lizzie à ma sœur et contournai la tente, piquée par la curiosité et le désir de découvrir ce qui la perturbait tant. Parvenue à l'angle, j'inspectai la pelouse. Mes genoux se mirent à trembler et je tendis une main, prête à me rattraper au cas où mes jambes se déroberaient sous mon poids.

— Martha ?

— Va chercher Luke et la police, ordonnai-je. Immédiatement. Mais surtout, ne t'approche pas.

J'étais fière de parvenir à garder mon calme en dépit des tremblements qui agitaient mon corps tout entier. Maintenant que j'étais seule et que je n'entendais plus ma chienne, je pris conscience de la terreur qui me glaçait.

Devant moi, étendue sur le dos, se trouvait Helen Kennedy, ses belles boucles noires déployées autour des épaules. Elle semblait sereine – j'aurais presque pu croire qu'elle s'était assoupie dans l'herbe.

Sauf qu'elle avait un couteau au manche noir planté dans le ventre. Elle ne dormait pas : elle était morte.

3

— C'est moi, Martha. Je vous rejoins.

En général, j'étais heureuse d'entendre la voix de Luke, mais jamais je ne l'avais été autant qu'à ce moment-là. De plus, c'était très prévoyant de sa part de me prévenir de son arrivée pour que je ne craigne pas qu'un intrus m'approche par-derrière.

— Elle est morte, constata-t-il inutilement. C'est ce que je redoutais quand Ruby m'a dit que vous aviez besoin de moi, mais j'espérais me tromper.

— Qui a bien pu poignarder une jeune fille comme ça ?

J'aurais voulu me jeter dans ses bras, mais je savais que nous n'allions pas rester seuls bien longtemps. Il poussa un soupir, les narines dilatées.

— Je ne sais pas. Mais nous allons le découvrir.

— Nous ? répétai-je d'une petite voix.

— Bien sûr. On l'a déjà fait.

J'admirais son optimisme, mais je n'avais aucune envie de m'immiscer à nouveau dans une enquête criminelle. La fois précédente, j'y avais été contrainte – je ne pouvais tout de même pas me laisser incriminer à cause de mon gin à la prune.

— On ferait peut-être mieux de laisser la police s'en charger.

Il arqua un sourcil.

— Je ne crois pas…

— Que se passe-t-il ?

Un homme séduisant, d'une trentaine d'années, s'approcha de la scène, une trousse médicale à la main. Luke et moi fîmes volte-face, occultant ainsi le corps d'Helen.

— J'ai cru comprendre qu'il y avait urgence. Lequel de vous deux a besoin de soins ?

— Ni l'un ni l'autre, répondit Luke d'un ton ferme. Qui êtes-vous ?

L'inconnu le considéra d'un œil méfiant, mais finit par lui tendre la main.

— Le docteur Harold Reynolds, médecin du village.

— Enchanté, répondit mon ami avant de s'effacer. Malheureusement, comme vous pouvez le voir, on ne peut plus rien pour cette pauvre jeune fille.

L'homme recula d'un grand pas et porta une main à ses yeux.

— Oh ! Helen !

« Helen » ?

Luke sembla aussi étonné que moi par la réaction du médecin. Nous échangions un regard lorsqu'il vacilla en arrière et heurta une corde qui arrimait le chapiteau au sol. Subitement ramené à la réalité par le choc, il laissa retomber sa main.

— Il y a longtemps que vous soigniez Mlle Kennedy ? questionna Luke, l'air nonchalant, comme si sa réponse l'importait peu.

— Non, je n'étais pas son médecin.

Le docteur Reynolds évitait scrupuleusement de regarder le cadavre de la jeune fille.

— Veuillez m'excuser, glissa le pasteur. À votre réaction, j'ai pensé que vous la connaissiez bien.

Il secoua la tête.

— Je n'arrive pas à croire qu'on ait pu faire une telle chose à une si gentille jeune fille.

Peut-être avais-je tort de juger quelqu'un que j'avais si peu connu, mais « gentille » n'était pas l'adjectif que j'aurais employé pour décrire Helen. Caractérielle, malpolie et volage me semblaient lui correspondre davantage.

Luke s'approcha pour tapoter l'épaule de M. Reynolds.

— Non, c'est affreux. Je comprends que vous soyez choqué de la découvrir comme ça.

— Je croyais que quelqu'un s'était tordu la cheville ou qu'il y avait eu un incident de cet ordre. Je ne m'attendais pas à un tableau pareil.

Sa voix semblait désormais plus assurée.

— C'est tout à fait compréhensible, dit Luke. Est-ce que ça va aller ?

Il hocha la tête, puis prit une longue inspiration et redressa les épaules.

— Oui, merci.

— Dans ce cas, que va-t-on faire ?

La question de Luke restant sans réponse, il me sollicita du regard.

— Il me semble qu'il faut prononcer officiellement le décès de la victime.

Le docteur Reynolds me lança un regard offusqué.

— Je ne peux pas le faire.

Surprise par son refus, j'arquai un sourcil.

— Y a-t-il un autre médecin au village qui en soit capable ?

— Non, je suis le seul. Mais je ne suis pas sûr qu'il soit bien convenable que je m'en charge.

Je ne voyais pas quelle raison pouvait l'en empêcher. Son comportement était pour le moins curieux. Il avait quelque chose à cacher, j'en étais certaine.

— Excusez l'impertinence de ma question, mais fréquentiez-vous personnellement la victime ? interrogea Luke.

Le médecin s'empourpra.

— Quelle insinuation scandaleuse ! Je suis marié et heureux en ménage.

— Dans ce cas – et pardonnez-moi encore une fois mon indiscrétion –, je ne comprends pas pourquoi vous comptez laisser cette jeune fille étendue inutilement dans l'herbe d'une façon si dégradante.

— La police…

— La police ne commencera son enquête qu'une fois le décès prononcé par un médecin.

— Ruby est partie la chercher, l'informai-je. Peut-être devrais-je aller voir où elle en est ?

— Bonne idée, confirma Luke.

Je m'élançai vers la foule de visiteurs venus profiter de la foire agricole. Il me semblait indécent de les voir vaquer à leurs occupations tandis que le corps de la pauvre Helen gisait derrière la tente.

Annie Raynor m'intercepta.

— Ah, vous voilà ! On pensait vous voir au concours canin, vous et votre jolie chienne, mais j'ai aperçu votre sœur qui partait précipitamment avec elle. Y a-t-il un problème ?

Avec son sens de l'organisation, Annie faisait la candidate idéale pour m'aider à trouver la police et lui permettre de sécuriser les lieux avant de s'arranger avec le médecin. Résoudre des crimes n'était pas de mon ressort et je n'avais aucune intention de me retrouver mêlée aux affaires de Winteringham.

— J'ai bien peur qu'il y ait eu un accident, révélai-je en choisissant prudemment mes mots. Il faut immédiatement envoyer la police derrière la tente des rafraîchissements. Sauriez-vous où je peux trouver l'agent du village ?

— Je vais le chercher, dit-elle avant de parcourir la foule du regard. Et le médecin, faut-il le prévenir ?

Je l'ai croisé il y a un instant. Tenez, voilà sa femme. Vera ! Vera Reynolds !

Je la connaissais encore très peu, mais je n'étais pas étonnée de la voir s'exécuter sans réagir à ma nouvelle. Elle dégaina son mégaphone pour héler l'épouse du médecin, qui se détourna du stand de confitures et nous rejoignit à pas pressés.

— Mais enfin, que se passe-t-il ? Pourquoi fallait-il que vous hurliez mon nom dans cette affreuse machine ?

Avec sa chevelure rousse, mise en valeur par une robe jaune au corsage étroitement ajusté à la taille, elle était d'une incroyable beauté. Mais ce n'était pas le moment d'envier l'apparence d'une inconnue. Je la gratifiai de mon regard le plus poli.

— Pardon d'avoir interrompu votre travail, madame Reynolds. Annie vous a fait déplacer inutilement.

— Je croyais que vous aviez besoin du médecin, protesta l'organisatrice. Si vous le cherchez, sa femme est la mieux placée pour vous renseigner.

— Il est déjà avec Luke derrière la tente.

— Qu'est-ce qu'il est parti faire là-bas ? s'étonna Vera.

Quand je lui répétai ce que j'avais glissé à Annie, elle plissa les yeux.

— Une minute. Quel genre d'accident nécessite à la fois un médecin et la police ? Dites-nous immédiatement de quoi il s'agit, madame Miller !

— Est-ce qu'il est arrivé quelque chose à Harold ?

— Non, votre mari va très bien, assurai-je. Vous pouvez regagner votre stand.

Vera regarda Annie en quête d'une confirmation.

— Allez-y, retournez vendre vos délicieuses confitures. Désolée de vous avoir dérangée, dit-elle en la chassant d'un geste de la main.

Lorsqu'elle fut partie, Annie se couvrit la bouche, les yeux écarquillés.

— La police et un médecin... souffla-t-elle. Ne me dites pas que quelqu'un est mort !

— J'en ai bien peur.

Les larmes lui montèrent aux yeux.

— Oh, ma pauvre foire... Bon Dieu, c'est affreux de dire ça, se reprit-elle lorsqu'elle prit conscience de ses paroles. J'espère que vous me comprenez. J'ai consacré tant de temps à cet événement que...

Je l'interrompis avant qu'elle ne se mette dans tous ses états.

— Bien sûr, vous vous êtes donné beaucoup de mal pour l'organiser. C'est normal de vous préoccuper de sa réussite. Mais il faut faire intervenir la police pour qu'elle décide de la marche à suivre.

— Qui est-ce ? chuchota Annie.

Je ne voyais aucune raison de lui mentir. De toute manière, la nouvelle se répandrait bien assez vite.

— Helen Kennedy.

— Et… quand vous parlez d'un accident, en est-ce vraiment un ou s'est-il produit une affaire plus sordide ?

— Je le regrette, mais je crois que je ferais mieux de ne pas en dire plus.

Elle hocha fermement la tête.

— Vous avez raison. Attendons la police.

Sur ces mots, elle se sauva en vitesse. Seule au milieu des festivités qui battaient leur plein, je me demandai dans quel guêpier j'avais bien pu tomber.

*

Je me dirigeai à contrecœur vers le chapiteau quand, sur un coup de tête, je m'arrêtai pour prendre une tasse de thé à Luke et au docteur Reynolds. Alors que je les leur apportais à pas prudents, je priais pour que les quinze minutes précédentes n'aient été qu'un mauvais rêve et retrouver Helen sur pieds, riant aux éclats – l'instigatrice d'une farce d'Halloween anticipée, peut-être.

Mes espoirs étaient vains, bien sûr. Il arrivait qu'on émerge d'un cauchemar, surpris de découvrir que ce qui nous paraissait si tangible un instant plus tôt n'était que le fruit d'un subconscient débridé. Mais cette situation, hélas, était bel et bien réelle.

Lorsque je bifurquai à l'arrière du chapiteau, la jeune fille était toujours étendue dans l'herbe. Quant au docteur Reynolds, il semblait étrangement troublé pour un professionnel de santé. Luke, lui, restait maître de lui-même. Rassérénée par son calme imperturbable, je parvins à me reprendre en main.

— Je vous ai apporté du thé. J'ai pensé que ça vous ferait du bien, dis-je avant de tendre une tasse à chacun. Il est bien sucré, comme vous l'aimez.

S'il parut étrange à M. Reynolds que je connaisse les préférences du pasteur en matière de thé, il se passa de commentaires. Il accepta la soucoupe et s'absorba de nouveau dans la contemplation de la pelouse.

— Alors, qu'est-ce qu'on a là ?

— Ah ! Agent Peterson, vous voilà enfin, soupira-t-il.

Je me retournai, m'attendant à voir arriver l'habituel policier du village, digne de celui que nous avions à Westleham. Mais, contrairement à Cyril Bottomley, l'officier de Winteringham n'avait rien d'un homme d'âge mûr dont la silhouette laissait supposer qu'il raffolait de desserts et consommait un peu trop de bière.

Il était grand, svelte, et semblait tout juste sorti de l'école. S'il avait la moindre pilosité, je n'en voyais pas une trace sur son visage poupin.

Luke se déplaça près du médecin, dévoilant la scène au policier.

— Personne ne s'est approché de la défunte. Depuis sa découverte, Mme Miller ou moi avons surveillé les lieux afin qu'on ne risque pas de déranger la scène.

Le jeune Peterson se tourna brusquement vers le médecin.

— Je suppose que vous avez constaté la mort de la victime. Est-ce qu'on a la confirmation qu'elle est décédée ?

Je n'étais pas spécialiste en la matière. De ma vie, je n'avais même jamais vu de cadavre avant celui d'Alice Warren, immédiatement après son empoisonnement. Néanmoins, il suffisait d'avoir des yeux pour se rendre compte qu'Helen était morte. Même un borgne dont l'unique œil valide ne fonctionnerait que le mercredi aurait pu s'en apercevoir.

— Il m'a semblé préférable de vous attendre, répondit le médecin d'une petite voix.

— Maintenant que je suis là, ne perdez pas de temps, mon vieux ! J'aimerais qu'on se dépêche d'emporter le cadavre – si c'en est bien un – avant que quelqu'un remarque quoi que ce soit.

Malgré ma réticence à prendre part à l'enquête, je ne pus pas m'empêcher de mettre mon grain de sel. C'était plus fort que moi.

— Comment comptez-vous procéder sans perturber la foire ?

— Mme Miller, je me trompe ? (Je confirmai d'un hochement de tête.) Eh bien, on va commencer par déplacer Mlle Kennedy dans le pré, puis sur le chemin où une ambulance nous attendra – ou quel que soit le véhicule dont on dispose pour transporter les cadavres.

— Vous n'avez donc pas l'intention d'évacuer les lieux ? questionnai-je, incrédule.

— Et interrompre ainsi la meilleure chose qui soit arrivée à Winteringham depuis l'avant-guerre ? rétorqua-t-il. Allez-y, docteur. Faites votre travail.

À contrecœur, M. Reynolds vida sa tasse et la reposa sur sa soucoupe avant de me rendre l'ensemble.

— Loin de moi l'idée de remettre en question vos procédés, agent Peterson, intervint Luke de son ton le plus sérieux. Mais il me semble préférable de congédier tout le monde pour préserver les preuves. Quant à Mlle Kennedy, ne vaudrait-il pas mieux la laisser là où elle se trouve en attendant que la scène ait été photographiée et examinée ?

— Depuis le temps, le criminel s'est sûrement débarrassé des preuves, rétorqua l'agent. Ou il le fera dès qu'on aura dispersé la foule. Non, on va transporter la victime discrètement jusqu'à la route, de l'autre côté du champ, et tout le monde pourra continuer à profiter de son après-midi.

— Sauf elle et sa famille, signala Luke d'une voix glaciale en soutenant le regard de l'officier de police. Qu'il va falloir avertir de son décès prématuré, bien sûr.

Le jeune homme s'empourpra et scruta le col blanc du pasteur.

— Est-ce que vous accepteriez de vous en charger ?

— Non seulement je l'accepte, mais ça me semble même préférable, ajouta-t-il avant de me rejoindre. Venez, Martha. Allons-y.

Je fis non de la tête.

— On ne peut pas l'abandonner ici sans personne pour veiller sur elle.

— Ce n'est pas votre responsabilité, chuchota-t-il.

— Je le sais. Il y a un moment que Ruby est partie. Telle que je la connais, elle est allée téléphoner.

Il m'observa un instant avant de comprendre mon raisonnement.

— Vous pensez qu'elle a l'intention d'informer l'inspecteur Robertson ?

— Je lui ai demandé d'aller chercher un médecin et la police. Elle a certainement compris la gravité de l'incident et préféré s'adresser directement à un inspecteur.

— Cette affaire en a grand besoin, opina Luke, l'air sombre. Si vous êtes sûre de ne pas vouloir m'accompagner, je vais vous libérer de cette vaisselle et aller chercher Freddie et Doris.

Il me lança un dernier regard suivi d'un signe de tête, puis regagna le parc communal.

Même s'il n'était pas rare pour la police d'annoncer ses mauvaises nouvelles en présence d'un pasteur, la tâche lui était tout de même rarement confiée. Devoir informer son plus vieil ami du décès de sa nièce – sans parler des circonstances de son trépas – allait être un véritable déchirement pour Luke. Cependant, je le reconnaissais bien là : il préférait s'adresser lui-même aux Butler plutôt que laisser la tâche à un jeune officier de police.

Le médecin s'agenouilla et, avec une réticence manifeste, posa deux doigts sur le cou de la jeune fille. Il tira ensuite un mouchoir de sa poche, s'essuya les doigts, puis le replia pour le porter à ses yeux.

— Elle est morte.

— Êtes-vous en train de pleurer ? s'enquit l'agent de police.

— Non, je transpire, répondit-il, la voix étouffée. Il fait une chaleur torride, aujourd'hui.

Tout à coup, des pas pressés accompagnés d'une respiration haletante se firent entendre et un garçon déboula au coin du chapiteau, manquant de me renverser. Il se figea dans sa course près des pieds d'Helen pour se laisser tomber à genoux.

— Oh, mon amour ! Qui a bien pu te faire une chose pareille ? Ma petite chérie !

Décidément, c'était de pire en pire. D'une part, ce jeune homme contaminait la scène du crime, de l'autre, comment pouvait-il déjà être au courant de la mort d'Helen ? S'il s'agissait de Kenneth, censé travailler chez le boucher, comment l'avait-il découverte si rapidement ? Je priai pour que Luke trouve les Butler en vitesse et parvienne à les prévenir avant qu'ils ne l'apprennent de la bouche des commères de service.

Le docteur Reynolds sembla presque soulagé de voir mon attention, ainsi que celle de l'agent Peterson, détournée par le nouveau venu. Tout en s'essuyant les joues, il s'éclipsa en catimini.

Face à Kenneth, qui serrait le corps d'Helen contre lui et lui caressait le visage, l'officier de police resta planté comme un piquet, les mains dans les poches, l'air tout bonnement incrédule.

Je m'efforçai de retenir le plus d'informations possible afin de les transmettre à l'inspecteur Robertson à son arrivée sur les lieux. Si je laissais la scène de crime à l'inconsolable Kenneth et à cet empoté de policier, il n'y resterait bientôt plus une seule preuve.

*

Plus tard, Luke, Ruby et moi-même retrouvâmes Ada et Maud au Railway Inn. Maintenant que le pasteur avait annoncé la terrible nouvelle à ses amis, nous avions préféré leur laisser le temps de faire leur deuil.

— Que s'est-il passé ensuite ? questionna Maud, penchée en avant sur sa chaise.

J'avais évoqué l'assistant du boucher, affalé sur le cadavre de la pauvre Helen.

— Il se trouve que Kenneth et l'agent de police étaient dans la même classe, à l'école. Quand ce jeune homme a eu fini de larmoyer, ils se sont donné des nouvelles de leurs amis communs.

— Vous pensez qu'il a simulé son chagrin ? m'interrogea Ada.

Le temps de réfléchir, je pris une gorgée de sherry.

— Difficile à dire. Il ne m'a pas donné l'impression de n'éprouver aucune affection pour Helen, mais son comportement m'a fait l'effet d'une démonstration de sentiments calculée.

— Autrement dit, il l'aimait, mais sans doute pas autant qu'il essayait de le montrer ? conclut Ruby.

— C'est ce que je crois. L'inspecteur Robertson t'a-t-il dit à quelle heure il arriverait ?

Les lèvres de ma cadette, peintes de rouge, s'étirèrent à la pensée de son prétendant.

— Il n'a pas pu m'indiquer d'heure précise, mais il a dit qu'il serait là dès que possible. Il a dû s'arranger avec son supérieur, mais il ne voyait pas de raison pour qu'il refuse de lui confier l'affaire. Il est du Berkshire et ravi de se déplacer au pied levé pour venir enquêter ici.

— S'il avait su comment s'y prend la police du coin, il aurait sans doute fait en sorte d'arriver encore plus tôt, fit remarquer Luke en secouant la tête, visiblement écœuré de voir l'enquête ainsi bâclée.

— L'agent de police se préoccupait davantage du succès de la foire que du meurtre de cette jeune fille.

— Une très jolie jeune fille, précisa Maud. Qui devait avoir une armée de prétendants. Et je ne pense pas qu'à l'employé du boucher.

— C'est là que les choses deviennent intéressantes, intervins-je. Quand il a découvert le corps d'Helen, le docteur a réagi de manière très étrange.

— Comme s'il avait eu un lien affectif avec elle, confirma Luke. C'est louche, Martha a raison.

— Le boucher a fait un sacré scandale. Helen a perturbé le travail de Kenneth, ce matin, poursuivis-je.

Il a aussi sous-entendu qu'elle pose problème depuis qu'elle est revenue au village.

— De quelle façon ? s'enquit Ada. Les jeunes filles ne manquent pas d'occasions de s'attirer des ennuis, surtout de nos jours.

— C'est vrai. Mais il avait plutôt l'air de dire que c'était elle qui les causait, rectifiai-je avant de balayer le pub du regard afin de m'assurer que personne ne risquait de surprendre notre conversation. Il a aussi rapporté avoir vu Helen « faire des messes basses » à un certain Robert qui, d'après Annie, est le patron de cet établissement.

— Sans oublier l'inconnu que nous avons aperçu avec elle ce matin, ajouta Luke.

— Pouvait-il s'agir du médecin, du patron ou de Kenneth ? questionna Maud. Tâchons de passer en revue tous les suspects potentiels.

— C'était un homme grand, commençai-je. Il m'a semblé plus mûr que Kenneth – il portait un chapeau élégant.

Ruby jeta un coup d'œil au bar.

— Le patron du pub est grand.

— Le médecin aussi.

Ada termina son sherry puis reposa son verre sur la table.

— Il reste sans doute d'autres hommes qu'on n'a pas encore identifiés comme étant proches d'Helen. En moins de vingt-quatre heures, on connaît déjà trois des flirts de cette jeune fille. Il va sans dire qu'il y en a davantage.

— N'oublions pas que celui à qui elle a donné rendez-vous ce matin lui a remis de l'argent, souligna Luke en me jetant un regard. C'était une somme importante, n'est-ce pas, Martha ?

Lui qui se montrait toujours très attentif, c'était la deuxième fois qu'il m'appelait par mon prénom en public. Sa discussion avec les Butler avait dû terriblement le bouleverser pour qu'il dérape de la sorte. Certes, il était plus approprié qu'il me donne du « madame Miller », mais je préférais l'entendre m'appeler par mon prénom. C'était nettement moins guindé et impersonnel, et cela me procurait même un minuscule frisson de plaisir.

— Oui, ce n'était pas le genre de somme qu'on s'attend à voir entre les mains d'une jeune fille comme Helen.

— Et si c'était le paiement de certaines faveurs ?

Ruby formulait à voix haute ce que les autres pensaient tout bas.

— Je ne sais pas quelles sommes sont échangées dans ce type de transactions, admis-je, pincée. Mais, à moins qu'elle ait été payée pour plusieurs rendez-vous à la fois, je pense que cet argent était le dédommagement d'autre chose.

Ada se mit à pianoter sur la table.

— Pour quelle autre raison recevrait-elle un paiement en liquide ?

— Quelqu'un la faisait chanter, je ne vois que ça, répondit Luke, l'air grave. Ce matin, quand on l'a surprise, j'ai eu un très mauvais pressentiment. Quelque chose me dit qu'on l'a tuée pour la réduire au silence.

— Si votre théorie tient la route, la police ne trouvera d'argent ni sur son cadavre ni dans sa chambre, dis-je lentement, considérant déjà plusieurs éventualités.

— Vous pensez que le meurtrier a récupéré son argent après l'avoir tuée ? raisonna Maud avant de taper dans ses mains. Vous n'allez avoir aucun mal à le prouver, vous deux ! Il vous suffit de trouver un homme assez aisé pour payer Helen, mais pas assez pour se permettre de cacher la perte d'une somme pareille.

— La cacher à sa femme ? voulut savoir Ada.

— À sa femme ou à son employeur, peu importe, répondit notre voisine en agitant la main. N'écartons pas Kenneth pour la simple raison qu'il est jeune et ne possède sans doute pas de chapeau comme celui que portait notre homme mystère.

— Je trouve qu'on tire des conclusions hâtives, intervins-je. Je suis sûre que l'inspecteur Robertson va résoudre l'affaire en un clin d'œil.

— Oh, mais il faut que vous élucidiez ce meurtre vous-même ! argua Maud avant de jeter un regard à Ruby. Ce n'est pas contre votre inspecteur, mais, la dernière fois, Martha et le pasteur ont trouvé la solution avant lui.

— Elle a raison, c'est vous qui avez tout résolu. Qui plus est, Freddie aimerait qu'on mène l'enquête.

Chaque fois que Luke posait ses yeux bleus sur moi, mes pensées s'embrouillaient. Je contemplai mes mains.

— Je regrette, mais ce n'est pas mon rôle.

Mes amis s'imaginaient sans doute que je refusais par simple modestie, mais c'était bien plus compliqué. À chacune des raisons qui pouvaient m'inciter à faire de nouveau équipe avec le pasteur s'opposait un inconvénient. Pour commencer, peut-être avions-nous démasqué l'assassin d'Alice Warren par hasard. Rien ne nous garantissait que l'exploit allait se reproduire. Par ailleurs, plus je passais de temps en compagnie de Luke, plus mes sentiments pour lui se développaient, ce qui, inévitablement, m'animait de désirs impossibles. Pour la première fois depuis notre arrivée à Winteringham, je regrettai d'avoir accepté l'invitation d'Annie Raynor et quitté mon chez-moi.

Maud me tapota les mains, que j'avais posées sur mes genoux.

— Vous finirez par changer d'avis. Vous ne pourrez pas vous en empêcher.

4

L'inspecteur Robertson arriva au Railway Inn dix minutes plus tard. Mes amis n'avaient toujours pas réussi à me convaincre de mener ma propre enquête, mais ma détermination s'émoussait.

Ben secoua la tête, incrédule.

— Vous pouvez répéter ? J'ai dû mal vous entendre.

— Non, votre ouïe ne vous joue pas de tours, lui assura Luke. Ils ont emporté la dépouille dans le champ derrière le parc communal.

Consterné, l'inspecteur leva les mains au ciel.

— Et puis quoi encore ? Ils ont emprunté le tracteur d'un fermier pour la transporter à la morgue, aussi ? Pitié, dites-moi que c'est là que se trouve le corps.

J'échangeai un regard avec Luke. Nous nous doutions que Ben serait frustré de constater que la procédure ordinaire n'avait pas été respectée, mais il était particulièrement contrarié.

— Je n'en suis pas certaine. Je suis restée sur les lieux jusqu'à ce que la civière l'évacue, mais je ne sais pas ce qui s'est passé ensuite.

Ben frappa son Homburg gris contre sa cuisse.

— Vous allez devoir me montrer. Faites-moi un rapport complet des événements. Je m'adresserai à l'agent Peterson plus tard. Je crois que je vous fais plus confiance qu'à lui !

— Ce sera nettement plus commode de ne pas être inquiétée, cette fois-ci, fis-je remarquer d'un ton acerbe.

L'inspecteur n'avait pourtant fait que son travail lorsqu'il m'avait désignée comme principal suspect dans le meurtre d'Alice Warren, j'en avais bien conscience. Ses joues s'empourprèrent.

— Je n'avais pas le choix.

— Je vous fais marcher, glissai-je, malicieuse.

Il avait tendance à prendre les choses trop au sérieux. Heureusement, ma sœur veillait à le dérider.

— Ruby vous a-t-elle expliqué que c'est Martha qui a découvert le corps ? demanda Luke.

Nous quittions le pub et traversions la route pour regagner le parc. Ben me jeta un coup d'œil.

— Oui. Vous n'avez pas l'air trop déboussolée par le choc.

— J'ai eu le temps de m'en remettre, assurai-je, malgré le frisson qui me parcourut l'échine à la vue du chapiteau. S'il y a bien une chose que je ne m'attendais pas à voir à Winteringham, c'était un cadavre.

L'inspecteur s'arrêta à l'entrée du parc afin d'observer la scène qui se déployait devant lui. Les villageois s'affairaient encore. Certains rangeaient leur marchandise invendue, repliaient les tables, tandis que d'autres se chargeaient de démonter l'arbre de mai.

— Ils piétinent ma scène de crime !

— Techniquement, elle se trouve derrière la tente des rafraîchissements, l'informa Luke.

— N'importe qui, ici présent, aurait pu tuer Helen Kennedy. D'ailleurs, de tous les gens ayant participé à cette foire, on ne peut écarter personne.

Il sembla s'apercevoir que, selon cette logique, Luke et moi n'étions pas à écarter. Après un instant d'hésitation, il haussa les épaules et se dirigea vers le chapiteau.

— Décrivez-moi exactement ce qui s'est passé, sans omettre un seul détail.

— Le concours canin allait commencer, expliquai-je. Par précaution, j'ai décidé d'emmener Lizzie faire ses besoins.

L'inspecteur arqua les sourcils et me fit signe de continuer.

— Montrez-moi où vous vous trouviez.

J'indiquai la droite du chapiteau.

— Il y avait un stand de pâtisseries là. Ruby et moi marchions vers le fond de la tente.

— Retraçons votre parcours, suggéra Ben. Après vous, Martha.

— Ma sœur et moi étions en train de discuter quand, tout à coup, Lizzie s'est assise et n'a plus voulu bouger. Elle a rejeté la tête en arrière et poussé un affreux hurlement, digne d'un loup. Elle avait les poils du dos complètement hérissés. J'ai eu beau essayer de la rassurer, elle refusait d'aller plus loin. Pourtant, vous la connaissez : elle fait toujours ce que je lui demande.

— Oui, elle est très obéissante, opina-t-il machinalement. Et ensuite ?

— La curiosité a pris le dessus, je suppose. Je me suis demandé ce qui avait pu provoquer cette réaction chez Lizzie, alors je me suis rendue derrière le chapiteau.

Je suivis le même chemin que j'avais pris avant de découvrir le corps d'Helen.

— Pendant ce temps, Ruby et Lizzie sont-elles restées là-bas ? m'interrogea Ben en désignant l'endroit où ma chienne avait freiné des quatre fers.

— Oui, confirmai-je avant d'indiquer l'étendue d'herbe où gisait la dépouille. Voilà, elle était juste ici.

Posté à côté de moi, Ben inspecta la pelouse.

— Je ne vois rien qui signale l'emplacement exact. Rien. L'agent Peterson aurait tout de même pu tracer grossièrement le contour du corps en se servant des piquets de la tente, de laine ou je ne sais quoi.

— Luke et moi pourrions essayer, suggérai-je, sans grande conviction. Mais j'ai bien peur que les brins d'herbe se ressemblent tous.

— Naturellement. Je ne distingue aucune trace de sang, ajouta-t-il, une frustration manifeste dans la voix.

Je déglutis, assaillie par la vision du couteau planté dans le ventre d'Helen.

— La victime portait une robe rose saumon, donc du sang était visible autour de la lame, mais il ne m'a pas paru... Disons que... qu'il ne semblait pas couler.

— C'est vrai, affirma Luke. Je doute que vous trouviez des taches de sang sur le sol. À moins que l'assassin s'en soit mis sur les mains et qu'il ait ruisselé sur l'herbe.

Ben fit non de la tête.

— C'est peu probable compte tenu de la blessure que vous décrivez. De quelle longueur était l'arme ?

Je me remémorai sa longue poignée.

— C'était une sorte de couteau à pain. J'ai d'abord pensé qu'il devait s'agir d'un couteau à génoise, mais il était plus grand.

— Pourquoi cette idée ?

— La foire ne manquait pas de stands de pâtisserie. Le meurtrier a très bien pu y subtiliser un couteau sans se faire repérer. Mais le manche ne correspondait pas.

— Et ensuite ?

— J'ai demandé à Ruby de ne pas s'approcher et d'aller chercher la police et un médecin.

— Lui avez-vous révélé ce que vous avez découvert ?

— Non, répondis-je, la bouche pincée. Quand bien même, elle n'aurait rien répété à qui que ce soit, à part à l'officier de police et au médecin.

— Et à moi, ajouta Luke, penaud. Quand je lui ai demandé pourquoi elle était si pressée, elle m'a dit que Martha était derrière le chapiteau et qu'elle pensait avoir vu un cadavre ou, du moins, quelqu'un de gravement blessé.

— Il lui a suffi des éléments donnés par Mme Miller pour parvenir à cette conclusion ?

L'inspecteur semblait sceptique.

— La réaction de Lizzie l'a sûrement mise sur la piste. La pauvre chienne était terrifiée – son comportement m'a autant fait peur que la vue du cadavre d'Helen.

Tout à coup, je n'avais plus qu'un souhait : quitter les lieux du meurtre et enfouir mon visage dans la fourrure réconfortante de ma chienne.

— Je vois, fit Ben avant de considérer la clôture, à droite. C'est là qu'ils ont emporté cette pauvre jeune fille ?

— Oui. Les ambulanciers sont arrivés avec une civière qu'ils ont confiée au médecin et à l'agent de police. Ensuite, ils ont escaladé la clôture et, à eux quatre, ils ont attaché Helen sur la civière pour la transporter à l'endroit duquel ils étaient venus.

— Y a-t-il autre chose dont vous ne m'auriez pas encore informé ?

— Pour être honnête, c'est loin d'être fini, avoua Luke, l'air contrit.

Il évoqua l'homme mystère, l'étrange comportement du médecin, puis celui du petit ami. À cette mention, Ben haussa un sourcil.

— Alors, elle fréquentait quelqu'un ?

À mon tour, je décrivis l'attitude de Kenneth qui avait accouru derrière la tente pour se jeter sur le corps d'Helen. Chaque fois que j'ouvrais la bouche, le visage de l'inspecteur se faisait de plus en plus écarlate.

— Comment peut-on être aussi incompétent, aussi incapable, aussi…

— Pour sa défense, je soupçonne l'agent Peterson de passer plus de temps à jouer aux billes qu'à étudier les procédures de police.

— Qu'est-ce que vous entendez par là ? maugréa Ben.

— Il était dans la même classe que Kenneth. À mon avis, il vient tout juste de quitter les bancs de l'école.

— Ne me dites pas que c'est un gamin qui est chargé de cette scène de crime ?

— Je suis presque sûre qu'il a plus de dix-huit ans. Presque…

Il nous regarda l'un après l'autre, désemparé.

— C'est un désastre… Une vraie catastrophe !

Je ne pouvais pas le contredire. Il allait avoir bien du mal à rassembler des preuves. Et, quand bien même, la scène de crime n'ayant pas été protégée, elles n'auraient aucune valeur.

*

Une fois Ben parti s'installer dans sa chambre au Railway Inn puis, sans nul doute, tirer les oreilles de l'agent de police du village, Luke et moi nous dirigeâmes vers le presbytère.

— Il est peut-être encore trop tôt pour rentrer ?

— Si Freddie préfère rester seul avec sa femme, je suis sûr qu'il nous le dira.

Sur ces mots, il frappa à la porte. Quand la bonne des Butler vint nous ouvrir, elle se tamponnait les yeux avec un mouchoir bordé de dentelle.

— Entrez, je vous prie. Je vais voir si le pasteur accepte les visiteurs.

Quelques instants après nous avoir quittés dans le vestibule, Mme Davies nous conduisit dans le grand séjour où Doris nous avait reçus l'après-midi précédente. Désormais, elle serrait sa fille contre sa poitrine frêle, le visage blême et humide de larmes. La mine de Freddie, en revanche, semblait encore plus rougeaude.

J'aurais volontiers proposé à la pauvre femme de m'occuper de l'enfant pour lui rendre service, mais je n'aurais pas su quoi en faire. De toute manière, d'après sa façon de s'y cramponner, il était très peu probable qu'elle s'en détache.

— Dieu merci, vous revoilà ! soupira Freddie, ému. Doris et moi avons réfléchi et il y a une chose dont nous devrions vous faire part.

— On ne voudrait surtout pas se mêler de ce qui ne nous regarde pas, lâchai-je brusquement.

Doris tourna ses yeux rougis vers son mari. Elle semblait lui transmettre une prière silencieuse que des mots n'auraient pas su exprimer. Rarement j'avais vu une telle expression de désespoir. Quant à Freddie, il lança à Luke un regard noir.

— Tu avais promis de nous aider. Est-ce que tu as changé d'avis ?

— Je n'ai rien promis. J'ai dit que je parlerais de ta requête à Mme Miller.

— Et vous déclinez malgré tout ?

Chaque mot que prononçait Doris avait le goût d'une accusation. Je sentais ma résolution vaciller, mais je m'efforçai malgré tout de ne pas me laisser amadouer.

— J'ai bien peur de ne pas avoir ma place dans une affaire aussi sérieuse.

— Dis-leur, ordonna Doris, résignée. Raconte-leur tout ce qu'il y a à savoir, Freddie.

— Helen est la mère de Janet.

Je clignai des yeux, abasourdie par cette révélation soudaine. Il fallut quelques secondes à mon cerveau pour assimiler les mots du pasteur.

— Je ne…

— Doris a très peur que son père biologique vienne réclamer la garde de la petite maintenant qu'Helen est morte.

— Qu'est-ce qui est indiqué sur son acte de naissance ? questionna Luke en observant son ami.

Freddie détourna le regard.

— On rêvait tellement de devenir parents… Et voilà que cette jeune fille attendait un enfant dont elle ne souhaitait pas. Essaie de nous comprendre, Luke.

— Deux options s'offraient à nous, poursuivit son épouse d'une voix morne, qui laissait entendre qu'elle avait abandonné tout espoir. Déclarer l'enfant comme étant la nôtre, ou demander à Helen d'inscrire Freddie en tant que père.

Luke dévisageait obstinément son ami, qui refusait de le regarder.

— Ni l'un ni l'autre n'est vrai.

Par moments, il avait beau porter un col blanc et donner un sermon chaque dimanche, j'oubliais qu'il était pasteur. Pour ma part, je pouvais comprendre l'idée des Butler de fausser les détails de la naissance de Janet afin d'obtenir l'enfant qu'ils avaient si longtemps désiré.

Mais Luke se focalisait sur la supercherie. À ses yeux, l'intégrité passait avant tout. Comme si j'avais pu l'oublier… En tant que femme mariée, j'étais pour lui aussi intouchable que n'importe quelle femme pour un prêtre catholique.

— Si cette petite ruse suffisait à convaincre Helen d'honorer sa parole envers nous, elle en valait la peine à nos yeux, répondit Doris. Je ne regrette pas ce qu'on a fait.

— J'ai peut-être manqué quelque chose, intervins-je dans l'espoir de dissiper la tension. Si vous avez falsifié l'acte de naissance, Janet est officiellement votre fille. Pourquoi craindre que son père vienne vous l'enlever ?

— Qui sait quelles bêtises Helen a pu raconter ?

Maintenant que les larmes de Doris s'étaient taries, je me demandai si elles avaient été pour sa nièce, ou pour elle-même et la situation dans laquelle elle se trouvait.

— Je crois qu'il va falloir nous raconter toute l'histoire, dit Luke d'un ton inflexible que je l'entendais rarement utiliser. Qu'aurait bien pu dire Helen pour ébranler votre prétention à la garde de Janet ?

Freddie, qui peinait à se ressaisir suffisamment pour formuler une réponse, lui jeta un regard furtif avant de détourner les yeux. Les remords creusaient les rides aux coins de ses lèvres.

— Après l'accouchement, nous avons donné de l'argent à Helen pour qu'elle quitte Winteringham et ne revienne jamais.

— Vous avez acheté cette enfant ? conclut Luke, implacable.

— Tu ne sais pas ce que c'est qu'espérer l'impossible, rétorqua Doris.

Le pasteur soutenait le regard de son amie.

— Tu te trompes. Je le comprends parfaitement.

Des picotements s'éveillèrent au niveau de ma nuque et se propagèrent le long de ma colonne vertébrale. Se pouvait-il qu'il parle de moi ? Même si c'était futile, je l'espérais.

— Calmons-nous un instant, suggérai-je. Voulez-vous que je demande à Mme Davies d'apporter du thé ? Elle accepterait peut-être de surveiller le bébé le temps qu'on s'explique.

Doris resserra sa prise sur Janet, qui tenta de se dégager en se tortillant.

— Il n'est pas question que je la lâche. Sinon, je risque de ne plus jamais la revoir.

Je me levai de mon siège.

— Dans ce cas, je n'en dirai pas plus au sujet de cette affaire. Je trouve déplacé d'évoquer le décès d'Helen et l'avenir de son enfant en sa présence.

— Très bien, madame Miller, soupira Freddie. Demandez donc à Mme Davis de servir le thé et de s'occuper de Janet pendant dix minutes.

— Freddie ! pesta son épouse, dont les larmes jaillirent de plus belle.

— Rien que dix minutes. Tu veux que Mme Miller et Luke trouvent qui a assassiné Helen, n'est-ce pas ?

— Oui, c'est vrai… Je ne pourrai pas me détendre tant que le criminel restera en liberté.

Je me rendis à la cuisine pour m'adresser à la bonne. La perte de sa nièce semblait n'inspirer aucun chagrin à Doris. Elle réservait toutes ses larmes à sa petite personne, mise dans une situation délicate par ce décès inattendu.

La veille, les Butler m'avaient renvoyé l'image d'un couple comme les autres et j'avais compris pourquoi Luke les affectionnait tant. À présent, l'illusion s'envolait sous mes yeux. Je découvrais deux personnes très différentes de ce que je m'étais imaginé. Luke devait être dévasté de faire le même constat.

La domestique, qui regardait obstinément par la fenêtre de la cuisine, sembla ne pas m'entendre entrer.

N'osant pas lui taper sur l'épaule à la suite des terribles événements de la journée, je me raclai la gorge. Elle fit volte-face et battit des paupières à toute allure.

— Oh ! C'est vous, madame Miller.

Je considérai ses yeux rouges, les sillons salés sur ses joues.

— Étiez-vous très attachée à Helen ?

Un rire rauque lui échappa.

— Personne ne l'aimait beaucoup. À part les garçons, bien entendu. Ils étaient tous fous d'elle, sans exception.

Lorsqu'elle prit conscience qu'elle en avait trop dit, elle pinça fermement les lèvres et recoiffa ses boucles argentées. En entrant dans la pièce, je l'avais crue bouleversée, mais ses paroles témoignaient d'une tout autre version.

La fenêtre donnait sur le terrain agricole par lequel avait été évacuée la dépouille d'Helen. L'espace d'un instant, je me demandai si cet élément avait une quelconque importance, puis je me souvins que Mme Davies se trouvait à l'entrée du parc à ce moment-là, où elle collectait les frais des visiteurs. Elle devait compter parmi les dernières personnes à avoir vent du meurtre d'Helen et n'aurait pas pu savoir comment son corps avait été emporté. Malgré tout, je ne manquerais pas de mentionner son attitude étrange à Luke. Pourquoi être si chagrinée par le décès d'une jeune fille pour qui elle prétendait n'avoir aucune affection ?

Lorsque je lui transmis la requête des Butler, une expression de dégoût déforma ses traits.

— Mme Butler ne m'a jamais demandé de m'occuper de cette enfant, pas même deux minutes, le temps de faire sa propre toilette.

— Si vous ne voulez pas, je suis sûre que…

— Je vais le faire, répliqua-t-elle sèchement, l'air toujours aussi répugné.

Pourquoi un tel dégoût ? Janet n'était qu'un bébé, adorable, qui plus est. Peut-être avais-je interprété son expression de travers. Après tout, on avait souvent mal compris la mienne.

— Avez-vous des enfants, madame Davies ?

— Oui. Je suis même neuf fois grand-mère. Ce ne sont pas les enfants que je n'aime pas, ce sont les circonstances de la naissance de celle-ci. Sa mère était une telle coureuse qu'il est impossible de savoir qui est le père.

Je n'étais pas surprise qu'elle connaisse la vérité sur la naissance de Janet. Au fond, elle passait beaucoup de temps en compagnie des Butler. Quels que soient les subterfuges dont avait usé Doris pour simuler sa grossesse, Edith Davies n'avait pas été dupe.

— Cette pauvre enfant ne mérite pas d'être traitée différemment des autres, qui que soient ses parents. Elle n'est responsable de rien.

Elle fit la grimace.

— Si vous en aviez, vous comprendriez. Les honnêtes gens n'ont pas envie d'envoyer leurs enfants à l'école avec des camarades aux origines douteuses.

Le feu me monta aux joues et une pointe de douleur familière me transperça le ventre.

— Je vais prévenir Mme Butler que le thé arrive.

*

Quand Mme Davies apporta le thé dans le salon, elle évita soigneusement mon regard. Elle parvint néanmoins à dissimuler sa répulsion à l'idée de s'occuper de Janet.

— Alors, où en étions-nous ? demanda Freddie, aimable, tandis que sa femme servait le thé.

— Il me semble que vous nous racontiez comment vous avez payé votre nièce pour lui prendre son enfant avant de falsifier son acte de naissance.

La tristesse dans la voix de Luke était si vive que j'aurais voulu lui prendre la main ou lui donner une tape affectueuse sur le bras. Je m'en abstins, évidemment. Ç'aurait été déplacé.

Freddie posa tasse et sous-tasse sur la table à côté de lui.

— Tu es un peu dur, mon vieux.

— Ce sont pourtant les faits, rétorqua sèchement son ami.

— Tu dramatises, intervint Doris d'un ton qui se voulait apaisant. On a simplement donné de l'argent à

Helen pour qu'elle puisse prendre un nouveau départ après la naissance du bébé, pour déménager ou suivre une formation, par exemple.

— Où sont ses parents ? demandai-je.

— Betty, ma sœur, vit à Londres avec son deuxième mari, le beau-père d'Helen, répondit-elle. Elle nous l'a envoyée pour échapper aux bombardements. Au début, elle était adorable, elle se pliait en quatre pour m'aider. J'étais contente de l'avoir lorsque Freddie est parti dans l'armée.

— À partir de quand les choses ont-elles changé ?

Elle jeta un regard à son époux.

— Quand il est rentré. Elle voulait s'asseoir sur ses genoux comme quand elle était petite, avant la guerre. Sauf qu'elle avait grandi, entre-temps. À quinze ans, c'était indécent.

— En effet, ce devait être embarrassant.

— Elle n'a pas eu envie de rentrer chez ses parents une fois la guerre finie ? s'étonna Luke.

— On le lui a suggéré, mais elle l'a très mal pris. Elle pensait qu'on essayait de se débarrasser d'elle.

Une réaction qui me paraissait légitime venant d'une jeune fille évacuée de Londres – pour d'excellentes raisons. Sa famille avait dû terriblement lui manquer. Puis, au retour de son oncle, sa relation avec Doris avait sûrement changé et ses tentatives pour se rapprocher de lui avaient été mal reçues.

Doris avait raison, bien sûr. Il est un âge où les adolescentes doivent cesser de s'asseoir sur les genoux des hommes de leur famille. Malgré tout, j'avais le sentiment qu'il manquait un élément à leur histoire. Helen s'était-elle sentie mise à l'écart lorsque Freddie avait regagné le foyer familial ? Sa relation avec sa tante s'était-elle détériorée ? Même si elle n'était pas des plus sympathiques, j'avais beaucoup de peine pour elle.

— Que s'est-il passé ensuite ?

— On a réussi à la convaincre de passer une fin de semaine chez sa mère. Son père était mort pendant la guerre et elle s'était remariée. Je crois que le courant n'est pas passé avec son nouveau beau-père. Elle est rentrée chez nous plus tôt que prévu.

Cette pauvre petite… Elle devait tant rêver de trouver sa place au sein d'une famille.

Luke prit une gorgée de son thé avant de reposer délicatement la tasse sur sa sous-tasse. Je ne l'avais encore jamais vu furieux, mais c'était bien la colère qui lui rougissait les joues et faisait trembler ses mains.

— Si j'ai bien compris, Helen est venue vivre chez vous pour sa sécurité. Vous l'avez renvoyée chez elle après la mort de son père parce que son comportement envers toi, Freddie, ne vous convenait pas. Vraisemblablement, la cohabitation ne s'est pas bien passée avec ce nouveau beau-père, que ni vous ni Helen ne connaissiez. Elle est revenue et, un beau matin, elle est tombée enceinte.

Vous lui avez alors pris son bébé et vous l'avez payée pour qu'elle disparaisse pour de bon. C'est bien ça ?

Les paroles de Luke avaient beau être dures, elles reflétaient fidèlement les faits.

— Tu ne devrais pas laisser ton expérience avec ton père influencer ton opinion, le tança Freddie, moralisateur.

Cette allusion me rappela une conversation que j'avais eue avec Luke plus tôt, cette année-là. Tandis qu'il parlait de sa mère, qu'il adorait, je lui avais demandé quelle relation il entretenait avec son père. Il s'était alors fermé comme une huître et avait préféré parler d'autre chose. Je ne m'imaginais pas découvrir un jour un aspect de sa personne susceptible de me faire changer d'avis sur lui. Pourtant, lui était confronté à des informations concernant Freddie qui risquaient de faire chanceler les fondations de leur amitié.

Il le fusillait du regard.

— Il n'est pas question de mon père, mais d'une adolescente vulnérable qui a longtemps vécu auprès de vous, qui rêvait d'avoir un père et que vous avez rejetée quand elle avait le plus besoin de vous.

— Elle a eu un enfant hors mariage, argua Doris, qui faisait tourner son alliance autour de son annulaire. C'est immoral. D'autant plus que Freddie est le pasteur du village – les gens auraient jasé.

Malgré le dégoût que m'inspiraient les agissements des Butler, je m'efforçai de sourire.

— Comment avez-vous entretenu l'illusion ? J'entends, comment avez-vous fait pour que personne ne s'aperçoive que c'était Helen qui était enceinte et pas vous ?

— On a eu de la chance. La grossesse d'Helen est tombée pendant l'hiver et Janet est née en avril. Elle ne sortait jamais sans son manteau boutonné jusqu'au cou. Quant à moi, je glissais un coussin sous mes vêtements et j'imitais les gestes des femmes enceintes : je faisais semblant d'avoir du mal à me lever de mon fauteuil, je me tenais le dos comme si j'avais mal, j'allais me reposer l'après-midi… ce genre de choses.

Elle semblait si fière de ses astuces que j'eus grand-peine à garder le sourire. Helen avait porté un enfant alors qu'elle en était encore une. Qui avait pris soin d'elle pendant ce temps ?

— Qui a eu l'idée d'acheter le bébé ? questionna Luke.

Son thé terminé, il se leva et se posta à la fenêtre qui donnait sur le jardin de devant.

Doris hésita. Le ton acerbe du pasteur avait enfin eu raison de son sang-froid.

— Eh bien… Quand j'ai deviné qu'elle était enceinte, je lui ai dit que son oncle et moi avions toujours rêvé d'avoir un enfant et c'est elle qui m'a demandé si elle pouvait nous le confier. Vous n'imaginez pas comme j'étais heureuse. C'était le plus beau cadeau qu'on puisse me faire.

— Et c'est en la chassant que vous l'avez remerciée ? riposta Luke sans se retourner. Elle vous a offert le cadeau le plus précieux que puisse faire une femme et vous l'avez rejetée.

— On s'est dit que c'était mieux comme ça, fit valoir son ami, le ton cajoleur. Tu ne vois donc pas comme la situation était compliquée ? À t'entendre, on a été sans cœur, on l'a manipulée, mais c'est faux. Helen était très volage. Elle n'aurait pas fait une bonne mère. On pensait agir dans l'intérêt de l'enfant.

Luke pivota vers Freddie. Ses yeux bleus étaient si menaçants qu'ils paraissaient gris.

— Laquelle ? Quelle enfant ?

Doris joignit les mains sur ses genoux.

— Helen avait dix-sept ans à la naissance de Janet. C'était presque une adulte, elle savait ce qu'elle faisait.

Luke secoua la tête et reprit sa place face à la fenêtre.

— Donc, après l'accouchement, vous avez donné de l'argent à Helen et elle a quitté Winteringham.

— C'était la meilleure option pour Janet, insista Freddie. Si on ne l'avait pas prise pour fille, elle n'aurait eu qu'un parent et Helen n'était pas assez mûre pour assumer ce rôle. Toutes les femmes ne sont pas comme ta mère, Luke.

Encore une référence à sa famille. À en croire Freddie, le père de Luke était donc, dans le meilleur des cas, absent. Je brûlais d'en savoir plus. Était-ce l'influence de sa mère qui avait fait de Luke un homme si attentionné, ou était-ce pour compenser la disparition de son père ?

— On espérait qu'elle ne reviendrait pas, pour que Janet puisse grandir avec deux parents qui l'aimaient plus que tout au monde. On ne voulait pas qu'elle souffre des mêmes manques qu'Helen.

Doris soutenait mon regard, l'air de me supplier de la comprendre.

— Alors, elle est partie avec votre argent, conclus-je. Mais elle a fini par revenir.

— On n'allait pas la chasser, bien sûr, affirma Freddie, comme si ces quelques mots pouvaient suffire à redorer son image aux yeux de Luke. On l'a de nouveau hébergée, malgré nos réserves.

— Comment était-elle avec Janet ?

— Elle l'ignorait complètement, répondit Doris. Elle ne lui prêtait aucune attention, peu importe qu'elle sourie, qu'elle pleure ou même qu'elle essaie de communiquer avec elle.

Je me remémorai l'été précédent, où j'avais préféré laisser Luke s'imaginer qu'il y avait quelque chose entre Ben et moi. Maintenir ses distances avec certains était une façon de se protéger, de leur dénier le pouvoir de nous faire du mal. Peut-être était-il plus facile pour Helen d'ignorer la fille qu'elle avait abandonnée que de l'aimer.

Je pris une profonde inspiration avant de poser ma question suivante.

— Qui est le père de Janet ?

— Malheureusement, nous n'en savons rien, répondit Freddie. Mais Doris craint que celui qui a tué Helen vienne désormais nous enlever la petite.

— Légalement, c'est toi le père, n'est-ce pas ? s'enquit Luke.

— Eh bien, oui, mais…

— On va démasquer l'assassin d'Helen, l'interrompit-il avant de se tourner vers moi. Mais seulement parce que cette jeune femme et son enfant méritent que justice soit faite.

Freddie eut un sourire.

— Merci. Tu es un bon ami, Luke.

L'intéressé baissa les yeux.

— C'est drôle que tu dises ça. Moi, j'ai l'impression de ne plus te connaître.

La situation était déchirante. Helen était la plus à plaindre, bien sûr, mais j'avais tout de même beaucoup de chagrin pour Luke, qui devait être anéanti de voir son amitié avec Freddie désintégrée de la sorte.

Une chose était sûre : malgré ma réticence initiale, j'étais de tout cœur avec lui et prête à enquêter à ses côtés sur la mort d'Helen.

5

— Est-ce que ça vous dérangerait de marcher un peu avant d'aller chercher Lizzie au pub ?

J'observai Luke du coin de l'œil. Il n'avait plus l'air en colère, mais profondément abattu. J'aurais aimé trouver les mots pour le réconforter.

— On pourrait discuter de l'affaire, ajoutai-je.

Le coin de ses lèvres se retroussa.

— Alors vous l'acceptez ?

Je lui rendis son sourire.

— Vous ne m'avez pas vraiment laissé le choix face aux Butler.

J'étais tentée de lui demander d'élaborer les insinuations de Freddie concernant son père, mais il n'apprécierait sans doute pas que je l'interroge sur sa famille. Je pouvais le comprendre – mes parents m'avaient appris à ne jamais ébruiter ce qui se passait chez nous. D'ailleurs, même entre sœurs, Ruby et moi parlions rarement d'eux et de notre enfance.

Il fit la grimace.

— C'est vrai, excusez-moi. Comme vous l'avez certainement remarqué, j'ai eu de plus en plus de mal à cacher mon exaspération. Freddie et moi sommes tous les deux pasteurs. Doris et lui avaient beau souhaiter un enfant de tout cœur, leur responsabilité première était envers Helen. À mon sens, ils l'ont abandonnée et ont sûrement contribué à sa mort.

Même si je ne pouvais pas le contredire, jamais je n'aurais imaginé l'entendre s'exprimer si durement envers ses amis. Depuis qu'il avait accepté le poste de pasteur de Westleham, il s'était montré pondéré, empathique, d'humeur constante et capable de voir les deux côtés d'un problème. Au vu de sa réaction, les agissements des Butler avaient dû le toucher personnellement.

— Après ce que je viens d'entendre, je ne peux qu'être de votre côté. Un jour, cette petite devra savoir ce qui est arrivé à sa mère.

— Sauf qu'à ses yeux, c'est Doris, sa mère, objecta-t-il.

— Eh bien, quoi qu'il en soit, on va mener l'enquête pour elle. Même si elle risque de ne jamais découvrir les conclusions de nos recherches.

— Qui est le principal suspect, selon vous ?

Parvenus au bout de l'allée du presbytère, nous bifurquâmes à droite et parcourûmes la ruelle comme nous l'avions fait ce matin-là, avant la foire et l'incident qui avait confirmé le mauvais pressentiment de Luke.

— J'aimerais en savoir plus sur le patron du pub. Je me demande ce qu'Helen pouvait bien lui vouloir.

— Rien ne nous dit qu'elle est vraiment allée lui parler, souligna-t-il. C'est le boucher qui l'a affirmé. Et s'il était amoureux d'elle ? Ça expliquerait qu'il se soit mis dans une telle colère quand il l'a surprise en fâcheuse posture avec Kenneth.

— Vous marquez un point. Il aurait pu raconter à son assistant qu'elle avait de nombreux admirateurs. Il était peut-être si contrarié à l'idée de ne pas être le seul homme dans sa vie qu'il l'a tuée dans un accès de jalousie.

— Ou bien c'est le médecin qui l'a tuée, pour les mêmes raisons.

— Son comportement était très étrange. Il ne m'a pas semblé digne d'un professionnel.

— Vous croyez qu'il a pu avoir une aventure avec Helen ?

— Oh, mais certainement, confirmai-je avant de jeter un regard au coin de la rue où nous avions surpris la jeune fille. Je le soupçonne d'ailleurs d'être l'inconnu qu'on a aperçu ce matin avec elle.

Luke haussa les épaules.

— Tout ce qu'on peut dire à son sujet, c'est qu'il faisait environ ma taille. Impossible de lui donner un âge. Cela dit, à cause de son chapeau, il est peu probable qu'il s'agisse de Kenneth.

— C'est un peu maigre, vous ne trouvez pas ? fis-je, perplexe. Il faut à tout prix identifier cet homme et découvrir si Helen avait l'argent sur elle au moment de sa mort.

— Est-ce qu'elle avait un sac à main ?

Je fis non de la tête.

— Il était peut-être caché sous elle, mais j'en doute.

— Les jeunes filles de son âge sortent-elles souvent sans sac à main ?

— Non. D'ailleurs, elle en avait un ce matin, on l'a vue y ranger l'argent. Je suis sûre qu'elle n'allait nulle part sans sa brosse à cheveux, son rouge à lèvres et son poudrier.

Luke se massa le menton.

— Hum. Alors, son sac a disparu.

— On a pu le lui prendre parce qu'il contenait l'argent, ou pour une tout autre raison. Il renfermait peut-être une preuve que l'assassin souhaitait dissimuler.

— On aurait dû demander aux Butler de nous laisser fouiller sa chambre avant que la police ne s'en charge.

— Ben n'aimerait pas qu'on s'immisce dans son enquête, fis-je remarquer, dubitative.

— On ne fait que rendre service. C'est différent.

— Je ne suis pas sûre qu'il voie les choses sous cet angle, arguai-je avant de freiner net pour m'emparer du bras de Luke. Allons-y maintenant. On en profitera pour demander à Doris quel sac à main sa nièce portait. Je n'ai pas fait attention ce matin.

— Oui, allons-y.

Sous son regard pénétrant, je sentis mes orteils se recroqueviller et une nuée de papillons batifoler dans mon ventre.

— Je n'aurais pas dû vous forcer la main, mais je ne le regrette pas, reprit-il. Je ne voudrais personne d'autre à mes côtés pour mener l'enquête.

Je restai sans voix, le souffle coupé. Je me contentai de hocher la tête et de me tourner vers le presbytère.

*

— Vous revoilà déjà, constata Edith Davies, une moue méprisante sur les lèvres.

— On aimerait poser une question à Mme Butler.

— Entrez, dans ce cas, grommela-t-elle avant d'aller la chercher.

Quelques instants plus tard, Doris nous rejoignit dans le vestibule. Je notai que, cette fois, personne ne nous invita à passer au salon. Compte tenu du froid qui régnait désormais entre Luke et Freddie, la suite de notre séjour chez les Butler semblait compromise. Je ne nous imaginais pas dîner à leur table dans une telle tension.

J'adressai à Doris le sourire le plus aimable dont j'étais capable.

— Pardonnez-nous de vous déranger à nouveau. On s'est rendu compte qu'il n'y a pas de meilleur point de départ pour notre enquête que chez vous. Seriez-vous d'accord pour qu'on inspecte la chambre d'Helen ?

Elle arqua un sourcil, croisa les bras sur sa poitrine frêle et nous lança un regard méfiant.

— Qu'espérez-vous y trouver ?

— Des indices, répondis-je, évasive.

— Au fond, je n'y vois pas d'objection, admit-elle en laissant retomber ses bras avant de se rendre au pied de l'escalier. Suivez-moi.

— Où est Janet ?

— Elle dort dans les bras de Freddie, nous informa-t-elle d'une voix qui suintait la fierté. Il fait un père formidable.

— Comme c'est touchant, marmonna Luke.

Il me fit signe de monter à la suite de Doris, qui ouvrit sans ménagement une porte située à l'arrière de la bâtisse.

— Voilà la chambre où dormait Helen.

Je trouvais qu'il était encore tôt pour qu'elle se soit habituée à parler de sa nièce au passé, mais je n'étais pas experte en matière de deuil. Je n'avais jamais perdu qui que ce soit avant Stan – et encore, j'ignorais s'il était perdu ou s'il revendiquait simplement son droit à ne pas rentrer à la maison.

Doris s'effaça pour nous laisser entrer dans la minuscule chambre.

— Est-ce que c'est la chambre qu'Helen occupait étant enfant ?

— Bien sûr que non, répondit-elle comme s'il s'agissait d'une question ridicule. Elle dormait dans la chambre voisine de la nôtre. On y a installé Janet, depuis. Quand Helen est revenue à Winteringham, on lui a proposé celle-ci.

Elle était à peine plus grande qu'un vulgaire débarras. Pour tout ameublement, elle comptait un lit étroit et une commode sur laquelle était disposé un attirail de maquillage. Je me demandai quelle somme les Butler avaient donnée à leur nièce et comment elle l'avait dépensée.

Une idée me vint subitement. J'étais étonnée de ne pas y avoir pensé plus tôt.

— Helen est-elle revenue à Winteringham parce qu'elle n'avait plus d'argent ?

Le rouge monta aux joues de Doris, qui détourna le regard.

— Elle n'a pas réussi à trouver de travail. Ce n'était pas une surprise : elle n'avait ni qualifications ni expérience.

Je ne connaissais que trop bien la situation qu'avait dû vivre la pauvre Helen, à la seule exception qu'aucun de mes proches n'était disposé à me donner de l'argent. Il fallait admettre que je n'avais rien de valeur qui soit susceptible de les intéresser – Helen, elle, avait un bébé que son oncle et sa tante convoitaient.

— Vous vous attendiez à ce qu'elle utilise une partie de l'argent pour financer une formation, non ? C'est ce que vous disiez tout à l'heure.

— On avait de grands espoirs pour son avenir, affirma religieusement Doris. Avant qu'elle ne tombe enceinte, le monde lui appartenait. Malheureusement, elle n'a pas profité des chances qu'on lui avait offertes.

— Combien de temps est-elle partie ?

— Un peu plus de quatre mois.

— Savez-vous où elle est allée pendant ce temps ?

— Non, répondit-elle avant de croiser de nouveau les bras. Ce sera tout ? Il faut que je redescende au cas où Freddie et Janet auraient besoin de moi.

— Lui avez-vous demandé où elle logeait ? s'enquit Luke d'une voix douce.

— Non, répliqua Doris.

Sur ces mots, elle tourna les talons et descendit l'escalier.

— Je vais regarder sous le lit, annonça-t-il. Vous, fouillez les tiroirs. Je ne me permettrais pas de mettre mon nez dans les affaires d'une dame.

À vrai dire, l'idée ne me ravissait pas non plus. Je trouvais cela indécent – d'autant plus quand la personne en question était décédée.

Luke tira de sous le lit une valise usée et l'ouvrit.

— Vide.

— N'oubliez pas les poches intérieures, recommandai-je. Elle y a peut-être laissé quelque chose.

Mal à l'aise, j'inspectai à tâtons le tiroir du haut qui, sans surprise, contenait les dessous d'Helen. Elle aurait pu y cacher un journal intime, mais je n'y trouvai que des vêtements.

Luke referma la malle avant de la remettre à sa place.

— Rien. Si je soulève le matelas, pouvez-vous regarder en dessous ?

Il s'exécuta et j'étudiai le sommier.

— Je ne vois rien.

Le pasteur s'accroupit.

— Où est-ce qu'une jeune fille comme Helen cacherait une importante somme d'argent ?

Je haussai une épaule, résignée.

— Je n'ai pas mené la même jeunesse qu'elle. On devrait peut-être demander son avis à Ruby. Elle serait plus à même de nous renseigner.

— Cherchons encore quelques minutes, décréta-t-il avant de s'emparer de l'oreiller pour en fouiller la taie tandis que j'ouvrais le tiroir suivant. Quand on retournera au Railway Inn, on ferait mieux de demander à M. Williams s'il lui reste deux chambres libres. Je n'ai plus très envie de loger ici, après ce qui s'est passé.

Je l'observai avant de répondre.

— À cause de la tension entre Freddie et vous, pour laisser vos amis faire leur deuil ou parce que vous les soupçonnez d'être coupables ?

Il jeta un regard à la porte comme pour vérifier que nous étions seuls.

— Les trois. Freddie a beau être mon plus vieil ami, personne n'a de meilleur mobile que lui.

— Ce n'est pas lui qui a donné l'argent à Helen, signalai-je. Il est trop petit pour être l'homme qu'on a vu avec elle.

— Doris n'a pas dit qu'Helen était revenue demander de l'argent, mais, si ça se trouve, elle en recevait à la fois de son oncle et sa tante et de l'inconnu de ce matin.

— Appelons un chat un chat. Même si le terme paraît grossier, il s'agit de chantage, n'est-ce pas ? Vous le pensez comme moi.

— Je me demande ce qu'elle avait en tête, fit le pasteur, songeur. Que comptait-elle faire avec la somme qu'on lui a remise ce matin ?

Je secouai la tête, abattue.

— C'est malheureux, tout de même. Quelques heures plus tôt, elle avait encore des projets. Elle ne les réalisera jamais. Quel gâchis…

— Oui, je suis bien d'accord. Le pire, dans tout ça, c'est que ses proches n'ont exprimé aucun regret.

Je frémis.

— Filons d'ici dès que j'aurai fini de fouiller ces quelques tiroirs. Vous avez vu juste ce matin, à propos de ce village. Quelque chose ne tourne pas rond, ici.

Après une rapide inspection des derniers effets personnels de la jeune fille, je me remis sur pied et nous quittâmes la chambre en prenant soin de fermer la porte derrière nous.

Lorsque nous parvînmes au rez-de-chaussée, Freddie sortit du salon.

— Alors, avez-vous trouvé ce que vous cherchiez ?

— Pas encore, répondis-je.

— On retourne au pub, l'informa Luke. Il nous semble plus convenable de coucher là-bas pour respecter votre deuil.

Freddie ouvrit la bouche comme s'il s'apprêtait à protester, puis hocha lentement la tête.

— Je vois. C'est sans doute pour le mieux.

Face à son regard triste, j'éprouvai pour lui une certaine pitié. Il n'avait pas agi de manière très honorable, mais, au fond, peut-être cherchait-il simplement à rendre sa femme heureuse.

— Merci de nous avoir reçus, ajoutai-je.

— Mais au fait, reprit-il, étonné, je croyais qu'on vous hébergeait parce que le pub refusait d'accueillir votre chienne.

Il avait raison, mais je n'avais aucune envie de passer une nuit de plus au presbytère.

— Compte tenu des circonstances, il acceptera peut-être de faire une entorse à son règlement.

Malgré son air sceptique, il hocha la tête.

— C'est très prévenant de votre part. En effet, un peu de calme nous ferait du bien pour pleurer la perte de notre nièce.

— Qu'elle repose en paix, murmura Luke.

— Oui, bredouilla Freddie.

Son air penaud en disait long : il s'était enfin aperçu qu'il aurait dû exprimer ses regrets plus tôt.

— Je vais prier pour vous.

Sur ces mots, Luke quitta son ami pour aller ouvrir la porte d'entrée. Il avait le dos si raide que je craignais de voir ses épaules céder sous la tension.

*

Nous regagnâmes le Railway Inn sans un mot. Je cherchai désespérément quelques paroles à dire à Luke, mais je rejetai chacune de mes idées, insatisfaite. De toute manière, il ne semblait pas dérangé par le silence.

Au bar, il demanda s'il était possible de s'entretenir en privé avec le patron. Après un bref échange avec un de ses employés, l'intéressé nous conduisit dans un coin retiré de la salle.

— Qu'est-ce que je peux faire pour vous, révérend ? s'enquit-il, aimable.

— C'est un peu délicat. Vous êtes sans doute au courant du drame qui a frappé la famille Butler.

Robert Williams baissa les yeux pour contempler la table.

— Oui, j'ai appris la nouvelle. Une si charmante jeune fille… C'est affreux, ce qui lui est arrivé.

— Vous comprenez sûrement qu'il serait déplacé pour nous de rester chez les Butler pendant cette période de deuil…

Un rire rauque échappa au patron.

— De deuil ? Ils n'attendaient que ça, de se débarrasser de cette pauvre gosse !

— Il me semble qu'elle a vécu quelques années chez eux, fit remarquer Luke. Vous êtes sans doute un peu dur.

— Quand le pasteur est rentré de la guerre, ils ont essayé de la renvoyer à Londres, mais Helen n'avait pas envie de partir. Et je la comprends ! Qui voudrait vivre dans une ville sale, surpeuplée et détruite par les bombardements quand on peut choisir la campagne ?

Je trouvai curieux qu'un homme de près de quarante ans en sache autant sur une jeune fille qui aurait pu être sa fille.

— Oui, on se le demande, répondit Luke.

— Quoi qu'il en soit, ils ont fini par trouver le moyen de la chasser. Elle était bouleversée à l'idée de quitter le village.

— Vous ne savez pas où elle est allée, je suppose ?

Consciente que Luke se refuserait à mentir, j'ajoutai :

— Si on avait une idée plus précise de l'endroit où elle séjournait et avec qui, on découvrirait peut-être pourquoi on l'a assassinée.

— J'ai bien peur de ne pas pouvoir vous aider sur ce point-là.

Il eut un mouvement de la tête presque imperceptible et porta le regard environ un mètre au-dessus de mon crâne – deux signes évidents qu'il mentait.

— Vous lui avez beaucoup parlé lorsqu'elle est revenue à Winteringham ? questionna Luke.

— Moi ? s'étonna-t-il en se désignant du pouce. Pourquoi est-ce que j'aurais approché cette gamine ?

— Vous m'avez donné l'impression d'être touché par sa situation, fit valoir Luke. J'ai pensé qu'elle s'était peut-être confiée à vous.

— Enfin, ce n'était qu'une môme ! rétorqua Robert, hostile. Pourquoi m'aurait-elle raconté ses secrets ?

— Parce que tu avais une liaison avec elle, voilà ce que je crois, moi ! intervint une voix cinglante.

Le patron se prit la tête entre les mains.

— Winifred… Je te croyais sortie.

— Je m'en doute, répliqua la femme. De toute façon, tu n'as jamais été très doué pour me cacher tes manigances.

Luke se leva et tendit la main à la nouvelle venue.

— Je m'excuse de vous avoir contrariée avec cette conversation. Je suis Luke Walker, le pasteur de Westleham. Vous devez être madame Williams.

— Enchantée, répondit-elle avant d'observer son mari. Je croyais que cette histoire sordide était derrière nous.

— C'est le cas, ma chérie, affirma son époux, la mine abattue. Je t'ai juré que c'était du passé et je n'ai pas menti.

Pourtant, j'avais entendu de mes propres oreilles le boucher informer Doris qu'il avait surpris Helen en plein échange de messes basses avec le patron du bar.

Naturellement, ni Luke ni moi ne mettrions sa parole en doute devant sa femme.

— À l'origine, on était venus demander à votre mari s'il était possible de réserver deux chambres, dit Luke à l'adresse de Winifred. On logeait au presbytère, mais, compte tenu de la situation, on préfère chercher une autre solution.

L'épouse du patron m'étudia.

— C'est n'est pas vous, la dame de Westleham qui a un chien ? demanda-t-elle en prononçant le dernier mot comme s'il s'agissait de la bête la plus répugnante qui soit. Les animaux sont interdits dans notre établissement.

Ce n'était pas le moment de l'informer que Lizzie dormait depuis deux bonnes heures sous une des tables de sa taverne.

— C'est bien dommage.

— On pourrait faire une exception, à condition que vous payiez un supplément, suggéra Robert.

Sachant que Lizzie n'avait besoin ni de lit ni de petit-déjeuner, je trouvai l'idée injuste, mais Ruby et moi avions besoin d'un hébergement. Je n'avais prévu aucun budget pour financer mon séjour à Winteringham et encore moins pour le « supplément » que le patron me demandait à présent.

Luke sentit mon malaise.

— Est-ce vraiment nécessaire ? Mme Miller était l'invitée d'honneur de la foire agricole. Vous n'allez tout de même pas lui demander de payer plus cher alors que c'est sa chienne qui a découvert le corps d'Helen Kennedy, si ?

En entendant les faits présentés sous cet angle, je me sentis très fière de Lizzie. Il était inutile de préciser qu'elle s'était assise dans l'herbe et qu'elle avait refusé catégoriquement de s'approcher du fond du chapiteau.

Mme Williams, elle, ne sembla pas impressionnée pour deux sous.

— On n'a jamais autorisé les chiens au Railway Inn et, tant que j'y vivrai, ça ne changera pas.

Robert eut la présence d'esprit de ne pas contester.

— Tout est dit. Navré, mais on ne peut rien faire pour vous.

Avec une réticence manifeste, il nous laissa seuls en compagnie de sa femme pour regagner le bar. Elle prit place sur la chaise qu'il avait libérée.

— Bien. Je crois que des explications s'imposent.

6

— Qu'est-ce que vous souhaitez nous dire ? s'enquit poliment Luke.

— Est-ce que je peux parler franchement ?

— Oui, je pense que ça vaut mieux, répondit le pasteur.

— Je suis au courant de la liaison extraconjugale qu'a eue mon mari avec la victime pendant quelque temps, l'an dernier. Je l'ai découverte par moi-même, naturellement. Je ne suis pas idiote et j'ai bien vu que quelque chose clochait. Quand je l'ai mis au pied du mur, Robert s'est montré très contrit et m'a juré qu'il mettrait fin à leur relation immédiatement. Helen était une très jolie jeune fille, mais elle passait plus de temps à courir après les hommes mariés qu'à mener une vie pieuse.

— C'est une épreuve terrible que vous avez dû traverser, commenta Luke. Je suis navré. Votre mari a de la chance que vous ayez choisi de lui pardonner.

— Oh, mais je ne lui ai pas pardonné ! Il m'a couverte de honte. Peu m'importe si cette jeune fille l'a harcelé pendant des semaines pour obtenir ses faveurs. Il aurait dû résister à ses avances.

— Pensez-vous qu'il ait eu pitié d'elle ? interrogea Luke.

— Ne me prenez pas pour une imbécile, révérend. Aucun homme ne couche avec une jeune fille par pitié. Ils ne savent pas contrôler leurs pulsions animales quand une tentatrice cherche à capter leur attention, voilà tout.

Sidérée par ses paroles, je clignai des paupières. Même si Luke l'avait invitée à s'exprimer ouvertement, je ne m'étais pas attendue à une telle honnêteté et encore moins à ce qu'elle considère Helen comme l'unique responsable de cette liaison.

— Croyez-vous qu'ils aient repris leur relation quand Mlle Kennedy est revenue à Winteringham ?

Puisqu'elle se montrait franche, autant poser la question susceptible de nous fournir la réponse qui nous intéressait le plus. Winifred pinça les lèvres et fit la grimace, comme si elle venait de croquer dans un citron.

— En tout cas, elle a tout fait pour. Son oncle et sa tante souhaitaient peut-être un autre enfant.

J'ouvris la bouche pour répondre, mais je me ravisai. Comment pouvait-elle être au courant ? Finalement, le secret des Butler n'était peut-être pas aussi bien gardé qu'ils le pensaient !

— Je ne vois pas le rapport avec Helen, mentis-je.

Winifred arqua un sourcil.

— Je crois pourtant que vous savez parfaitement à quoi je fais allusion. Janet n'est pas plus la fille de Doris Butler que je ne suis la princesse Elizabeth !

— Pourquoi dites-vous ça ? questionna Luke, me voyant à court de mots.

— J'ai eu six enfants. La grossesse n'a plus de secrets pour moi. C'est cette jeune fille qui portait le bébé, ça ne fait aucun doute. Doris a bien essayé de faire semblant, mais elle n'est pas très bonne actrice. J'ai tout de suite vu clair dans son jeu.

— Quelqu'un d'autre au village est-il au courant ?

— Allez savoir ! Comme vous pouvez le deviner, c'est un sujet que je préfère éviter.

— Pardonnez ma question, commença Luke avec un sourire contrit. Est-ce parce que vous soupçonnez votre mari d'être le père de Janet ?

Des larmes montèrent aux yeux de Mme Williams. Elle s'empressa de les refouler.

— Je n'ai aucun moyen de le savoir. Helen a juré à Robert qu'il était le seul, mais comment en être certaine, avec une jeune fille pareille ?

— Pourquoi nous faire ces confidences ? intervins-je, effarée de l'entendre confirmer l'aventure de son mari. Vous devez pourtant vous douter que cette information fait de votre époux un suspect dans la mort d'Helen, non ?

— Certainement pas, rétorqua-t-elle sèchement. Si Robert avait eu la moindre intention de tuer cette fille, il s'en serait chargé avant qu'elle quitte Winteringham. Pourquoi attendre maintenant ?

À mes yeux, la réponse était évidente : à son retour, on l'avait aperçue en compagnie de Robert et quelqu'un lui avait remis un généreux pot-de-vin. Peut-être le patron l'avait-il payée en désespoir de cause, puis s'était résigné à la tuer pour récupérer l'argent lorsqu'il avait pris conscience qu'il ne pourrait pas expliquer sa disparition à sa femme.

— Et si elle avait menacé de révéler leur liaison ? suggéra Luke.

Winifred le scruta, l'air hostile.

— Je crois que vous ne m'avez pas bien écoutée. Mon mari n'a pas adressé la parole à cette jeune fille depuis qu'elle est rentrée au village.

— Comment pouvez-vous l'affirmer avec certitude ?

— Il n'avait pas le choix. Il savait très bien qu'autrement, c'est lui qui aurait pris un coup de poignard dans le ventre. J'ai appris à vivre avec ce qu'il a fait parce que nous avons six enfants à élever, mais jamais je ne lui aurais permis de m'humilier une seconde fois. Robert a de nombreux défauts, dont la lâcheté fait partie.

Peut-être était-elle convaincue que ses révélations n'incrimineraient pas son époux à nos yeux, mais elle semblait ne pas se rendre compte qu'elle se hissait elle-même au sommet de notre liste de suspects.

— Quelqu'un d'autre était-il au courant de leur relation ?

— J'espère bien que non, répondit-elle, la mâchoire serrée. J'ai déjà suffisamment de mal à supporter son infidélité sans que personne n'en sache rien.

— Pourtant, vous disiez tout à l'heure qu'elle courait après les hommes mariés. Si vous le saviez, ce n'est peut-être pas un secret.

— Il aurait fallu être aveugle pour ne pas s'apercevoir de son petit manège. Pour autant, personne n'aurait pu se douter qu'elle avait réussi à embobiner Robert.

J'aurais voulu souligner le fait qu'Helen était encore une enfant et que M. Williams, étant adulte, aurait dû la repousser, mais son épouse n'avait sans doute aucune envie d'entendre mon opinion. Se persuader qu'Helen lui avait forcé la main était peut-être le seul moyen qu'elle avait trouvé pour supporter cette bévue.

— Selon vous, qui d'autre fréquentait-elle ?

Tout à coup, elle se leva de sa chaise.

— Ce n'est pas à moi de vous le dire. Je ne colporte pas les ragots. Cela dit, le village ne manque pas de commères qui seront ravies de vous renseigner. Maintenant, si vous voulez bien m'excuser, j'ai beaucoup à faire.

Lorsqu'elle fut partie, Luke leva les mains, désemparé.

— Et maintenant, que fait-on ?

— Allons voir Annie. Je suis sûre qu'elle est au courant de tout ce qui se passe au village.

— Je parle de notre hébergement pour la nuit.

— On s'en souciera plus tard. Commençons par l'interroger.

Il pouffa de rire.

— La journée est déjà bien entamée, vous savez ! Il va bientôt être l'heure du dîner puis de nous trouver un endroit où dormir.

— Décidément, vous ne pensez vraiment qu'à votre estomac !

— Si vous deviez endurer la cuisine de Mme Felton régulièrement, vous seriez comme moi ! C'est merveilleux d'avoir hâte de se mettre à table parce qu'on sait que le repas sera comestible.

— Allez, Luke. Rendons visite à ma nouvelle amie.

Une douce chaleur se propagea dans mon ventre. L'appeler par son prénom me semblait délicieusement osé, tout en restant convenable. Après tout, je ne faisais que m'adresser à un ami. Le fait que mon cœur s'emballe et que mes mains deviennent moites en sa présence n'avait aucune importance.

*

— Bonsoir, vous deux ! Qu'est-ce qui vous amène ?

— Disons que nous sommes dans une impasse…

— Voilà qui est intrigant ! Entrez et dites-moi donc en quoi je peux vous être utile, nous pressa Annie avant de nous mener dans un petit salon douillet. Est-ce que je peux servir quelque chose ?

— Non, ne vous embêtez pas pour nous.

Elle interrogea Luke du regard.

— Et vous, révérend ?

— Non, merci, répondit-il, manifestement mal à l'aise à l'idée d'entamer cette conversation délicate. D'habitude, je ne tolère pas les commérages, mais je me vois contraint de vous demander de nous répéter tout ce que vous pourriez savoir à propos d'Helen Kennedy.

Une lueur fébrile illumina le regard sombre d'Annie.

— Là, vous m'intéressez.

— Le pasteur et sa femme nous ont priés d'enquêter sur le meurtre de leur nièce. On revient tout juste du Railway Inn où on s'est entretenus avec M. et Mme Williams.

— Je vois. Et vous venez me demander de confirmer la liaison de Robert et Helen, c'est bien ça ?

— Vous étiez donc au courant ?

Un gloussement à la fois nerveux et jubilant lui échappa.

— Je crois que personne au village n'était dupe. Il suffisait de voir la façon dont il regardait cette jeune fille.

— Mme Williams semble convaincue d'être la seule à le savoir.

— La pauvre femme... fit Annie, réprobatrice. On ne peut tout de même pas la détromper, il faudrait être cruel. Si elle a choisi de croire qu'elle a pris son mari sur le fait et que personne ne se doute de rien, mieux vaut lui laisser ce semblant de dignité.

Même si Winifred Williams ne m'avait pas paru très sympathique, elle m'inspirait désormais une profonde compassion. Ayant moi-même été le sujet des ragots du village, je comprenais ce qu'elle éprouvait. Au moins, elle avait la chance de ne pas savoir que tout le monde connaissait son secret.

— Elle soupçonnait aussi Helen de fréquenter d'autres hommes.

— Il faut dire que pour une jeune fille qui n'achetait jamais de viande, elle passait beaucoup de temps chez le boucher ! souligna Annie. Cela dit, je pense qu'elle y allait plutôt pour flirter avec Kenneth qu'avec M. Simpson.

— Y a-t-il eu quelqu'un d'autre ? demanda Luke.

— J'ai toujours trouvé qu'elle et son oncle avaient une drôle de relation.

— Freddie ? s'étonna-t-il, d'une voix plus forte que son habituel ton calme.

— Je ne saurais pas trop dire ce qui clochait. Avant la guerre, ils m'avaient toujours paru proches, mais, quand il est rentré, ils sont devenus comme chien et chat. C'est dommage. Enfin, c'est loin d'être la seule relation détruite par la guerre.

Annie avait-elle perdu un proche dans le conflit ? Elle ne semblait pas prête à en dire davantage.

— Doris nous a confié qu'Helen voulait continuer à s'asseoir sur les genoux de son oncle quand il est rentré, repris-je. Comme elle le faisait étant petite.

Notre interlocutrice fronça les sourcils.

— Elle était adolescente. Ça n'aurait pas été correct.

— Cela explique peut-être l'étrange relation que vous avez remarquée entre eux, suggéra Luke.

— Oui, c'est possible. J'espère que ça ne cache pas une affaire plus sinistre.

— Entre Helen et Freddie ? s'étrangla-t-il.

— Ce ne serait pas la première fois qu'un tuteur profite de sa pupille.

— Mais… Freddie ?

— Ça semble peu probable de sa part, je suis d'accord. Néanmoins, vous devez admettre qu'on ne peut pas l'exclure.

Luke se fit livide.

— Malheureusement, je dois vous donner raison, concéda-t-il, la voix sourde.

Je n'arrivais pas à croire qu'il n'ait jamais songé à cette éventualité. Pour ma part, je l'avais entrevue dès que Freddie nous avait révélé que son nom figurait sur l'acte de naissance de Janet. Cela étant, envisager une possibilité était une chose, entendre quelqu'un la formuler à voix haute en était une autre.

— On a donc Kenneth, le patron du pub… Personne d'autre ? questionnai-je.

— Eh bien, je n'ai rien vu de mes propres yeux, mais… D'ordinaire, je ne colporterais jamais une information qui m'a été rapportée, précisa-t-elle en jetant un coup d'œil au pasteur. Mais puisque vous m'avez demandé de vous répéter toutes les rumeurs que j'aie pu entendre…

— Si vous estimez qu'elles peuvent nous être utiles.

— À un moment, on racontait qu'elle prenait plus de rendez-vous que nécessaire chez le docteur Reynolds.

Voilà qui confirmait nos soupçons – même si la réaction du médecin face à la mort d'Helen était déjà accablante. Tous les hommes qui avaient fréquenté la victime devaient figurer sur notre liste de suspects. D'autant plus que la plupart d'entre eux semblaient avoir des secrets qu'ils n'aimeraient pas voir divulguer.

— Qui est la secrétaire du médecin ? Accepterait-elle de nous parler des rendez-vous d'Helen ?

— Non, elle ne vous aidera pas, répondit Annie avec une grimace, avant de se pencher en avant comme si elle s'apprêtait à nous faire une révélation majeure. C'est sa femme.

— Ah… Voilà qui rend la tâche délicate.

— Impossible, même. Harold est un homme séduisant et Vera est très protectrice envers lui. Même si elle était au courant de quelque chose, elle ne dirait rien.

Je claquai des doigts, frappée par une idée subite. J'aurais dû y penser plus tôt !

— Qu'y a-t-il ? s'enquit notre hôtesse, qui peinait à contenir sa fébrilité. Est-ce que vous avez élucidé le crime ? Allez, dites-nous tout, Martha !

— Non, je me suis simplement souvenu d'un élément qui pourrait s'avérer important.

Elle sembla déçue.

— Oh. Et vous ne pouvez pas me dire de quoi il s'agit parce que c'est confidentiel ?

— Plus ou moins. Diriez-vous que les rumeurs à propos des nombreux rendez-vous d'Helen ont commencé avant son départ de Winteringham ou depuis son retour ?

— Avant son départ, c'est certain. Il n'y a qu'une semaine qu'elle est rentrée.

— Pensez-vous qu'elle avait l'intention de rester ?

— J'ai bien peur de ne pas avoir eu le temps de me faire une idée, répondit-elle avant d'esquisser un sourire ironique. Même les commères du village ont dû être prises de court.

— Merci de votre honnêteté.

— J'espère que je vous aurai aidés, dit-elle, les mains jointes. Au village, Helen avait plutôt la réputation d'être une racoleuse, mais, pour moi, c'était une jeune fille charmante.

À l'évidence, elle se trouvait à mi-chemin entre ces deux opposés. Il était rare que les charmantes jeunes filles se fassent graisser la patte par des inconnus et fréquentent des hommes mariés, mais, au fond, qui étais-je pour juger les recours auxquels le désespoir avait pu pousser cette enfant ?

— Vous permettez que je vous pose une dernière question ? demanda Luke.

— Bien sûr, mon révérend.

— Selon vous, de tous les hommes du village, que nous avons mentionnés ou non, lequel pourrait se permettre de se séparer d'une importante somme d'argent sans éveiller les soupçons ?

— Les soupçons de qui ?

Il haussa une épaule.

— Peu importe. Une épouse, un associé ou même un ami. Qui a la capacité de cacher un retrait d'argent ou en possède assez pour qu'une somme considérable disparaisse sans manquer à personne ?

— Il y a le gros bonnet qui vit au manoir, bien sûr, mais je doute qu'il connaissait Helen. Et puis, il a l'âge d'être son grand-père. Robert Williams pourrait se servir dans les caisses du pub, j'imagine, mais Winifred s'en apercevrait forcément. Elle s'est toujours montrée très scrupuleuse en ce qui concerne leur affaire. Tout le monde dit que si elle avait consacré autant de temps à son mari qu'au Railway Inn, elle aurait découvert ce qui se passait plus tôt. Ou alors, il n'aurait peut-être pas succombé aux charmes d'Helen.

Je poussai un soupir.

— Pourquoi rejette-t-on toujours la faute sur les femmes dans ce genre de situation ? Personne ne blâme les hommes. Pourtant, M. Williams le mérite davantage. Il est marié et plus âgé.

— Je suis d'accord avec vous, approuva Annie, sincère. C'est terriblement injuste, mais il en a toujours été ainsi.

Le ventre de Luke émit un gargouillis sonore.

— Veuillez m'excuser. Je crois qu'on me prévient sans ménagement qu'il est l'heure de se mettre à table.

— Il va falloir qu'on retourne au pub, dis-je. Au moins pour manger. On ne peut tout de même pas s'imposer de nouveau chez les Butler, maintenant qu'on les a prévenus qu'on ne resterait pas.

— Winifred n'acceptera pas de vous accueillir avec votre chienne, signala Annie. Elle est très maniaque. Elle pense que les chiens véhiculent toutes sortes de microbes et de saletés.

— Robert a proposé de nous recevoir en échange d'un supplément, mais en effet, Mme Williams s'y est opposée catégoriquement.

— Dans ce cas, j'insiste pour que vous, votre charmante sœur et votre adorable chienne logiez ici chez moi, annonça-t-elle. Je l'aurais suggéré quand je vous ai invitée à inaugurer la foire, mais, naturellement, votre pasteur connaissait le nôtre et il a été plus rapide.

— Je ne voudrais surtout pas vous déranger.

— Et moi, je ne voudrais surtout pas que notre invitée d'honneur se retrouve à la rue ! Je ne suis pas une excellente cuisinière, mais je peux vous préparer une omelette tout à fait correcte. Qu'en dites-vous ?

— Ce serait parfait. Merci infiniment.

— Et vous, révérend, est-ce qu'il vous faut un toit aussi ?

— Je vais demander à l'inspecteur Robertson s'il peut me faire une place dans sa chambre à l'auberge. Il acceptera sans doute, compte tenu des circonstances.

Notre hôtesse frappa dans ses mains comme une enfant surexcitée.

— Parfait ! Alors, je vous attends tous les quatre dans une heure pour le dîner.

— Vous êtes bien aimable, mademoiselle Raynor.

— Ce n'est rien. Vous, vous subvenez aux besoins spirituels de vos ouailles et moi, j'accomplis mon devoir de chrétienne en vous nourrissant pour que vous puissiez poursuivre votre vocation sans craindre de tourner de l'œil. Il doit me rester des fruits au sirop que je gardais pour une occasion. Je n'en vois pas de meilleure qu'un dîner avec de nouveaux amis !

Luke consulta sa montre.

— Le temps de récupérer nos bagages au presbytère, on sera de retour dans une heure avec Lizzie et Ruby. Merci encore de nous accueillir.

Je réprimai un soupir de soulagement. Même si j'avais affirmé à Luke que nous avions encore tout le temps de trouver un endroit où dormir, j'avais commencé à craindre de devoir faire du porte-à-porte pour emprunter une tente. Annie Raynor nous offrait une base idéale pour notre enquête – elle allait pouvoir nous révéler tout ce qu'il y avait à savoir sur les habitants de Winteringham.

*

Sur le chemin du presbytère, je sentis la réticence de Luke à l'idée d'affronter son ami une fois de plus.

— Vous devriez monter directement à l'étage faire vos valises puis retourner au pub pour informer Ruby de nos arrangements. Au passage, voyez avec Ben s'il est d'accord pour cette nuit. On se rejoindra ensuite pour aller dîner chez Annie.

— Qu'est-ce que vous comptez faire pendant ce temps ?

— Je vais poser quelques questions supplémentaires à Mme Davies. Elle nous cache quelque chose et j'aimerais savoir quoi.

— Vous croyez qu'elle acceptera de vous le dire ?

— Il n'y a qu'un moyen de le découvrir. Elle est au courant que Janet est la fille d'Helen. Je sens qu'elle est le genre de domestique à savoir tout ce qui se passe chez son employeur.

Luke me retint doucement par le bras. Je priai pour qu'il ne me sente pas trembler à travers les mailles de mon gilet bleu.

— Vous allez lui demander s'il est arrivé quelque chose entre Freddie et Helen ?

— Non. Elle risque de se fermer complètement si je lui pose des questions aussi directes. Mais j'aimerais l'interroger sur le sac à main d'Helen. Je suis étonnée qu'elle n'en ait pas eu un deuxième dans sa chambre. La plupart des femmes en ont un pour le quotidien et un autre pour les grandes occasions.

— Vous êtes mieux placée que moi pour le savoir, souligna-t-il en observant le presbytère avec appréhension. Je sais que je n'ai pas le choix, mais je n'ai aucune envie d'entrer. Chaque fois que Freddie ouvre la bouche, je meurs de lui balancer mon poing sur le nez.

— Luke !

— Excusez-moi… Ce n'est pas digne d'un pasteur.

— L'entendre avouer ce qu'il a fait a dû être très difficile pour vous. Freddie est un ami de longue date.

— Vous êtes bien consciente que je ne suis qu'un homme, n'est-ce pas, Martha ? demanda-t-il, sérieux.

Comment l'ignorer quand sa main retenait toujours mon bras ? Bien que tout à fait innocent, ce contact déclenchait en moi toutes sortes de réactions.

— Oui, je suis pasteur, reprit-il, mais ça ne m'empêche pas de réagir comme n'importe quel homme quand je pense qu'on a fait subir des mauvais traitements à quelqu'un.

Je clignai des yeux le temps que ses paroles parviennent à mon cerveau embrumé de désir. Elles avaient beau être tout à fait pertinentes, j'avais l'impression que nous menions deux conversations à la fois.

— Est-ce que c'est votre rôle qui vous retient d'exprimer vos sentiments ou simplement votre vertu ?

— Ma profession et ma foi sont si étroitement liées que j'ai souvent du mal à savoir laquelle des deux prédomine. Par exemple, l'instinct me dicte de frapper Freddie pour le punir de ce qu'il a fait à sa nièce, mais je ne me le permettrais jamais. Non seulement parce que je ne suis pas ce genre d'homme, mais aussi parce que ce serait inacceptable de la part de quelqu'un dans mon rôle. Pour autant, la tentation est grande. Elle est constamment présente.

— Oui, soufflai-je. Je vois.

— Vraiment ?

Il était si proche que je distinguais les taches jaunes dans le bleu de ses yeux et les longs cils recourbés qui les cernaient. L'instant sembla s'étirer à l'infini, à tel point que je dus me souvenir de respirer.

— Oui, répétai-je.

C'était l'occasion rêvée de me livrer à mon tour, mais je me contentai de le scruter, muette. Si seulement nous nous étions rencontrés plus tôt, quand tout était encore possible ! Peut-être cette attirance entre nous aurait-elle donné lieu à une belle histoire.

Il laissa retomber sa main.

— Allez, ne nous attardons pas.

J'inspirai profondément avant de traverser la route à sa suite. Côte à côte, nous franchîmes le portail et parcourûmes l'allée qui menait au presbytère.

Lorsqu'elle ouvrit la porte, Mme Davies nous considéra tour à tour d'un œil dédaigneux.

— Seigneur ! C'est encore vous. J'espère que vous n'êtes pas venus pour dîner. Sans vouloir être impolie, on m'a informée que vous ne passeriez finalement pas le reste de votre séjour ici, alors je n'ai rien préparé. M. et

Mme Butler sont trop contrariés pour manger, naturellement.

Luke la gratifia de son sourire le plus courtois.

— Pas d'inquiétudes. On vient simplement récupérer nos affaires.

— Allez-y le premier, glissai-je à Luke avant de me tourner vers l'employée. Et si j'attendais dans la cuisine avec vous le temps que monsieur le pasteur fasse ses bagages ?

— Je ne comprends pas, marmonna-t-elle, perplexe.

— Je ne sais pas comment c'est, ici, mais, à Westleham, on est très à cheval sur la bienséance, expliqua Luke. Je ne trouverais pas convenable de monter seul à l'étage avec Mme Miller.

— Eh bien, en effet, présenté de cette façon, ça ne me paraît pas correct non plus.

— Formidable, soupirai-je. Je ne serais pas contre m'asseoir un instant, si vous n'y voyez pas d'inconvénient. Mes chaussures sont neuves et elles me serrent atrocement les pieds.

Elle considéra mes souliers et pinça les lèvres.

— À votre âge, il est déconseillé de porter des chaussures à talons.

La bonne des Butler était du genre entêté. Inutile, donc, de lui signaler que je n'étais encore que trentenaire et que mes chaussures n'étaient peut-être pas plates, mais qu'on pouvait malgré tout difficilement les qualifier d'escarpins.

Pendant que Luke se rendait à l'étage, je la suivis dans la cuisine. Elle me tira une chaise sur laquelle je m'affalai comme si j'avais été debout depuis des heures et non quelques minutes.

— Depuis quand êtes-vous au service des Butler, madame Davies ?

— Ils m'ont engagée un peu avant la guerre.

— Il y a plusieurs années que vous connaissez Helen et Mme Butler, alors ? Est-ce que c'est ça qui vous a permis de deviner que Janet n'était pas l'enfant de Doris ?

Je souris, priant pour qu'elle voie dans mes questions un simple prétexte pour lui faire la conversation et non un interrogatoire.

— Ce n'était pas difficile à déduire.

Elle croisa les bras sur sa poitrine. Je compris alors que si elle avait découvert le pot aux roses en écoutant aux portes, il était peu probable qu'elle me l'avoue.

— Par exemple, c'était Helen qui ne pouvait pas supporter l'odeur des œufs au plat le matin, ajouta-t-elle. Plusieurs fois, je l'ai vue se couvrir la bouche et courir aux cabinets. En revanche, Doris n'a jamais sauté un repas.

— Je vois.

— Helen a pris des joues et ses cheveux sont devenus très soyeux. Il n'y a que mère nature pour donner un éclat pareil et on ne peut pas le dissimuler.

— Les Butler savent-ils que vous connaissez leur secret ?

— Grand Dieu, non ! répondit-elle, horrifiée. Et je ne le leur dirai jamais. Ce ne serait pas correct.

— Pensez-vous que quelqu'un d'autre à Winteringham soit au courant ?

— Beaucoup doivent s'en douter. C'est comme ça, dans les petits villages, vous le savez bien. Je ne dois pas être la seule à avoir remarqué qu'Helen accompagnait Doris à ses rendez-vous médicaux et qu'elle a quitté le village peu après la naissance du bébé. Pour quelle raison une jeune fille de son âge irait-elle consulter avec sa tante ?

— C'est assez évident, en effet.

Mon cerveau bouillonnait à plein régime pour assimiler les informations reçues et déterminer comment formuler ma prochaine question de manière naturelle.

— Quand Helen est revenue à Winteringham, vous a-t-elle donné l'impression d'être rentrée pour de bon ?

Une expression courroucée déforma les traits de Mme Davies.

— Elle avait l'intention de semer la pagaille, voilà l'impression qu'elle m'a donnée. Elle avait l'air sournois de celle qui se croit plus maligne que tout le monde.

Je me remémorai le sourire de la jeune fille lorsque Luke et moi l'avions vue recevoir son paiement.

— Je l'ai aperçue au village, ce matin. Elle portait un sac à main qu'elle n'avait plus sur elle plus tard. Est-ce normal de sa part ?

Mon interlocutrice fronça les sourcils.

— À quel moment l'avez-vous vue ?

— Avant le petit-déjeuner.

— Ça ne lui ressemble pas. Elle se levait rarement de si bonne heure. C'est la première chose qui m'a mis la puce à l'oreille, dit-elle, les rides sur son front subitement plus prononcées. Et je ne crois pas l'avoir vue quitter la maison sans son sac à main marron. Pas depuis son retour, du moins. Il était neuf. Elle a dû l'acheter avec l'argent que lui a donné monsieur le pasteur.

— Vous êtes au courant ?

La bonne s'empourpra.

— Elle est revenue avec un tas de nouvelles toilettes. Il m'a suffi de tirer mes propres conclusions.

— Quelqu'un est-il entré dans sa chambre entre le moment où nous sommes tous partis pour la foire, ce matin, et celui où le révérend Walker et moi y avons jeté un coup d'œil, cet après-midi ?

— Pas que je sache. Pourquoi ? voulut-elle savoir, soupçonneuse.

— Son sac à main a disparu.

Je me gardai d'évoquer l'argent.

— Vous ne croyez tout de même pas qu'on l'aurait assassinée pour le lui voler ? Elle n'y mettait rien à part son poudrier, un rouge à lèvres et une photo passée de sa mère.

Face à mon silence, elle prit conscience qu'elle en avait trop dit et s'empourpra une fois de plus. En entendant Luke redescendre l'escalier, nous nous tournâmes d'un même mouvement.

— Merci de m'avoir tenu compagnie, Mme Davies. Je vais rassembler mes affaires et vous laisser vaquer à vos occupations.

Quand je croisai le pasteur dans le vestibule, je lui glissai à mi-voix :

— Apparemment, Helen avait un sac marron qu'elle emportait partout.

7

Le lendemain matin, je confiai Lizzie à ma sœur et à Annie, qui bavardaient dans le jardin comme deux vieilles amies, le temps d'aller retrouver Luke. Nous avions prévu d'interroger Arthur Simpson, le boucher, et Kenneth Chapman, son assistant.

Alors que j'approchais du pub, mon ami me fit signe de repartir aussi sec.

— Filons vite !

— Que se passe-t-il ?

— Ben m'a dit de ne pas nous mêler de son enquête, hier soir. S'il nous surprend ensemble ce matin, il saura qu'on ne l'a pas écouté.

— Il ne peut pas nous interdire de discuter avec nos nouveaux amis, arguai-je.

— Il n'est pas idiot, Martha. C'est pour ça qu'il m'a déjà mis en garde.

— Où est-il, à l'heure qu'il est ?

— Dans la chambre que nous partageons. J'ai inventé un prétexte pour sortir et je me suis dépêché de vous rejoindre.

Il jeta un regard nerveux à la porte du Railway Inn, comme s'il s'attendait à voir l'inspecteur surgir de l'auberge à tout moment pour nous accoster.

— Ne traînons pas, dans ce cas, dis-je, impatiente. Savez-vous par où il a l'intention de commencer ?

— Il a déjà vu Kenneth, le médecin et Freddie hier soir.

— Ma parole, il n'a pas perdu de temps ! On a du retard à rattraper.

Lorsque nous franchîmes la porte de la boucherie, une cloche annonça notre arrivée et le patron nous salua d'un signe de tête.

— Bonjour.

— Bonjour, répondis-je. Vous êtes bien monsieur Simpson ?

— Lui-même, confirma-t-il d'une voix morne. Et vous êtes madame Miller, de Westleham. J'espère que vous n'êtes pas là pour fourrer votre nez dans mes affaires.

— Quelle idée ! Je ne me le permettrais pas, assurai-je, joviale. Vous avez peut-être aperçu ma superbe chienne, hier. C'est un setter irlandais. Vous n'avez pas pu la manquer, j'en suis sûre. Bref, je me demandais si vous auriez un os à me vendre pour elle.

Le boucher me lança un regard réprobateur.

— La plupart de mes clients les mettent à bouillir pour faire de la soupe. Ils ne les donnent pas aux animaux.

— Vous n'êtes pas au courant ? demandai-je sur le même ton exagérément enjoué. C'est ma Lizzie qui a trouvé le corps de cette pauvre jeune fille, hier.

— Pauvre jeune fille, mon œil ! Ce n'était qu'une sale petite…

— Pas devant le pasteur, monsieur Simpson, le coupai-je, penchée sur le comptoir.

Il jeta un regard à Luke avant de le reporter sur moi.

— Vous avez raison. Elle était morte quand vous l'avez trouvée, vous dites ?

— Ah, oui, je vous le confirme. Je me demande qui a pu commettre un crime aussi atroce.

— Je pourrais vous suggérer deux ou trois noms, glissa-t-il.

— Vraiment ? Lesquels ?

Je lui adressai un sourire complice.

— N'importe lequel des hommes que cette fille menait en bateau.

J'opinai du chef, comme si je voyais parfaitement de quoi il parlait.

— Comme le patron du pub.

— Exactement. Le pauvre homme est fou de cette gamine. Vous m'avez entendu dire à Mme Butler hier que j'avais vu la traî… s'interrompit-il en me voyant arquer un sourcil et désigner Luke d'un signe de tête. Pardon, révérend. J'ai vu Mlle Kennedy chuchoter à l'oreille de Robert en tapinois, deux minutes à peine après que Mme Williams est sortie faire une course chez le primeur.

— Où étiez-vous quand vous avez surpris la scène ?

Il indiqua la porte vitrée de sa boutique.

— Juste ici.

— Devant la porte d'entrée ?

J'allai m'y poster, sous la cloche. M. Simpson sortit de derrière le comptoir pour me rejoindre.

— Oui, précisément. J'étais en train de balayer le pas de la porte et le trottoir. Comme vous pouvez le voir, j'avais une parfaite visibilité sur celui d'en face.

— Quelqu'un d'autre aurait-il pu voir Mlle Kennedy parler à M. Williams ?

— Oh, non, répondit-il avant de me contourner pour s'emparer de la poignée. Permettez.

Je m'effaçai et, lorsqu'il ouvrit la porte, la cloche tinta de nouveau. Il me fit signe de le suivre à l'extérieur.

— Où allons-nous ?

— Voyez, je balaie cette rue chaque matin, m'informa-t-il fièrement en désignant le seuil. D'ici à ce bout-là.

Je longeai la vitrine de la boucherie jusqu'à son extrémité.

— Votre établissement est impeccable.

— Merci, répondit-il avec un hochement de tête. Bon, maintenant, regardez de l'autre côté de la rue sans vous faire remarquer. Il y a à l'angle une ruelle qui mène à l'arrière de ma boutique. C'est là qu'on réceptionne les livraisons – c'est Kenneth qui s'en charge, d'ailleurs. Il y en a une similaire le long du pub. Quand j'ai vu la jeune Kennedy s'y glisser en douce, j'ai su qu'elle mijotait quelque chose, surtout après avoir vu Mme Williams quitter la taverne.

J'étudiai la venelle sombre adjacente à la boucherie, puis, discrètement, tout en rebroussant chemin vers la boutique, je portai le regard de l'autre côté de la rue pour observer celle du pub.

— En effet, c'est louche. Est-ce qu'ils se sont parlé longtemps ?

Il me tint poliment la porte.

— Non, à peine plus de deux minutes. Le temps que je rentre, elle filait déjà dans la rue.

— Dans quelle direction ?

D'une main, il frotta la barbe rousse qui ornait son menton.

— Eh bien, celle du presbytère. Si elle était partie dans l'autre sens, elle aurait sûrement croisé Mme Williams à son retour du primeur.

— Ç'aurait été gênant.

— Je ne vous le fais pas dire ! s'exclama-t-il avant de se tourner vers Luke. Je suis très pieux, c'est pour ça que j'étais si contrarié hier, quand je suis retourné à la boucherie et que j'ai vu comment se tenaient le jeune

Kenneth et cette fille. Je n'aurais peut-être pas dû m'emporter avec Mme Butler.

— Il me semble que vous lui devez des excuses, suggéra Luke d'un ton mesuré. J'ai cru comprendre que vous vous étiez montré assez grossier devant sa fille.

Penaud, le boucher contempla le comptoir.

— Je ne suis pas comme ça, d'habitude. C'est le choc qui m'a mis hors de moi.

— Les deux jeunes se fréquentaient-ils depuis longtemps ? questionnai-je.

— Je ne savais même pas qu'ils se connaissaient avant de les prendre en flagrant délit, admit-il avant de secouer la tête, l'air triste. Ce genre d'histoires n'arrivait pas avant la guerre. Les gens savaient se tenir. Parfois, c'est à se demander pourquoi on s'est battus…

— Où avez-vous combattu ? l'interrogea Luke sur le ton de la conversation.

Le rouge monta aux joues du boucher.

— Eh bien… Vous savez… J'avais une boutique à tenir. On avait besoin de moi ici.

— Bien sûr, répondit mon ami avec douceur. Verriez-vous une objection à ce qu'on discute un instant avec le jeune Kenneth ?

— Il travaille, dit, l'air important. Et puis, il a déjà répondu aux questions de la police. Je ne vois pas quel intérêt il aurait à vous parler.

— Mme Miller a réussi à élucider un meurtre très complexe chez nous, à Westleham. Malheureusement, deux femmes ont trouvé la mort aux mains du criminel, expliqua Luke en déployant les mains. Je suis certain que tout le monde à Winteringham préférerait éviter un second décès.

Le boucher se mit à danser d'un pied sur l'autre, manifestement de plus en plus intimidé.

— Oui, bien sûr. Vous n'avez qu'à faire le tour et venir le voir dans l'arrière-boutique. Je vais le libérer cinq minutes pour qu'il puisse vous parler dans la cour.

— Merci, monsieur Simpson, c'est très aimable à vous.

Le pasteur ôta son chapeau pour le saluer tandis que nous nous dirigions vers la sortie.

— Au fait, madame Miller ! me héla le boucher.

Je pivotai sur mes talons.

— Oui ?

— Je vais emballer un os pour votre chienne et le porter à Kenneth pour qu'il vous le remette.

— C'est très généreux, merci.

Sitôt la porte refermée derrière nous, Luke me donna un petit coup de coude.

— Qu'est-ce qui s'est passé entre vous quand vous êtes sortis ?

— Il m'a montré la ruelle entre sa boutique et le bâtiment voisin et celle qui longe le pub, de l'autre côté de la route, expliquai-je, éludant délibérément sa question.

— Et alors ? Avant de sortir, il semblait aussi peu attendri par les chiens que Mme Williams et le voilà qui s'empresse de vous offrir un os pour Lizzie !

Je haussai une épaule.

— Que voulez-vous que je vous dise ? Il faut croire que mon charme naturel l'a conquis.

Nous échangeâmes un sourire. Au fond, nous savions l'un comme l'autre que M. Simpson n'aurait jamais changé d'avis sans la présence de Luke. Vieux jeu comme il était, il craignait certainement pour son salut.

*

— Bien, nous y voilà, dis-je lorsque nous eûmes gagné la ruelle. M. Simpson m'a expliqué que Kenneth vient réceptionner les livraisons ici. On peut donc supposer que c'est aussi là qu'Helen venait le voir. Elle a sûrement donné rendez-vous à Robert Williams au même endroit, de l'autre côté de la rue.

— Sans que sa femme s'en aperçoive ? demanda Luke, dubitatif.

— D'après le boucher, elle s'était absentée pour faire une course lorsqu'il a surpris Helen avec le patron du bar.

— Le matin de sa mort, donc.

— Tout juste. C'est trop gros pour être une coïncidence, n'est-ce pas ?

— Tout dépend de s'il était l'homme qui lui a remis l'argent.

— Quel casse-tête… Allons voir ce que Kenneth a à nous dire.

J'emboîtai le pas à Luke et nous nous frayâmes un chemin jusqu'à un portail peint en vert. Il s'apprêtait à frapper lorsque le jeune homme qui prétendait être le petit ami d'Helen poussa le battant.

— Bonjour !

Pour un garçon qui venait de perdre la fille de ses rêves – selon les termes qu'il avait employés, me semble-t-il –, il avait le ton drôlement jovial.

— Rebonjour, glissai-je. Tu as bien meilleure mine que la dernière fois qu'on s'est vus.

— J'ai eu le temps de pleurer la disparition de ma chère et tendre, répondit-il de sa voix haut perchée, nasillarde.

Ses paroles paraissaient trop ampoulées dans la bouche d'un adolescent. Et ce n'était pas le seul élément curieux de cette situation. Même s'il était tout à fait charmant, il ne semblait pas le genre à attirer une vraie beauté comme Helen. Mais, après tout, si Kenneth et l'agent Peterson étaient les seuls jeunes hommes du village, je pouvais comprendre qu'elle ait jeté son dévolu sur le premier.

— Déjà ? s'étonna Luke, un sourcil arqué.

À la vue du col blanc autour du cou du pasteur, Kenneth déglutit.

— J'ai prié et réfléchi au destin funeste d'Helen et je suis parvenu à la conclusion qu'elle est dans un monde meilleur. Elle ne voudrait pas me voir triste.

Je n'étais pas de son avis, mais je m'abstins de le souligner. La jeune fille aurait sûrement attendu de son petit ami qu'il la pleure au moins une journée.

Luke se détourna brusquement pour cacher son sourire. Sitôt parvenu à recouvrer son sérieux, il donna au garçon une réconfortante tape dans le dos.

— Qu'elle repose en paix.

— Amen, répondit-il, solennel.

— Écoute, Kenneth, dis-je, une fois certaine que ma voix ne trahirait pas mon hilarité. Il faut que tu nous expliques comment tu as appris ce qui est arrivé à Helen. C'est très important.

La confusion gagna ses traits.

— Comment ça ?

Je pris une profonde inspiration.

— Nous sommes d'accord que, lorsque j'étais derrière le chapiteau avec le médecin et l'officier de police...

— Charlie ?

— C'est le prénom de l'agent Peterson ?

Était-ce cela, la vie avec un adolescent ? Une suite d'échanges décousus où les questions, qui semblaient pourtant tout à fait claires, restaient sans réponses ?

Kenneth eut un large sourire.

— Oui. C'est un bon gars, ce Charlie.

Je frappai dans mes mains dans l'espoir de capter de nouveau son attention.

— Formidable. Je disais donc : quand le médecin, Charlie et moi étions derrière la tente...

— Pendant qu'Helen était raide morte sur le sol avec un couteau planté dans les boyaux, c'est bien ça ?

Sa description imagée m'arracha une grimace. Pour quelle autre raison nous serions-nous rassemblés derrière la tente des rafraîchissements ?

— Tout à fait. Peux-tu me dire pourquoi tu nous y as rejoints ?

— Pour voir ce qui se passait, répondit-il en piétinant le sol.

Je dus me retenir de ne pas perdre patience. Au fond, malgré sa silhouette dégingandée, lui aussi n'était qu'un enfant.

— Oui, je comprends, mais comment as-tu su qu'il était arrivé quelque chose derrière le chapiteau ?

Il observa Luke avant de reporter le regard sur moi. Il affichait l'expression perplexe d'un écolier à qui on aurait demandé de résoudre dans sa tête une équation algébrique.

— Commençons par le début, suggéra le pasteur. Raconte-nous ce qui s'est passé ce matin-là, depuis ton arrivée au travail jusqu'à la mort de Mlle Kennedy.

— Vous voulez tout savoir ?

Le feu qui lui monta aux joues engloutit les taches de rousseur dont était décorée l'arête de son nez. Luke s'approcha d'un pas.

— Ne t'inquiète pas. Nous savons déjà que M. Simpson t'a surpris dans un moment intime avec Helen, inutile de…

— Ce n'était qu'un baiser, révérend ! protesta-t-il avec ardeur.

Lorsqu'il se rappela la présence de son employeur dans la boutique, il se pencha vers Luke et ajouta à mi-voix :

— À l'écouter, on croirait qu'il m'a trouvé le pantalon sur les chevilles.

— C'est ce que nous avons pensé, en effet.

Kenneth parut déconfit.

— Helen n'était pas ce genre de fille. Elle m'a peut-être laissé aller un peu plus loin que les autres, mais on n'a rien fait d'indécent. Vous comprenez, n'est-ce pas ?

— Je crois, répondit Luke. Elle t'a permis de l'embrasser quand vous étiez seuls, ce que les autres jeunes filles refusaient, c'est bien ça ? Mais si tu as tenté d'approfondir les choses…

— Arrêtez, je vous en prie ! gémit-il, plus rouge que la boîte aux lettres à l'entrée de la ruelle, avant de me désigner d'un signe de tête. C'est déjà pénible de vous entendre dire ces choses, mais encore plus devant elle !

— Mme Miller et moi n'avons aucune intention de te causer du tort, mais il faut que tu répondes à nos questions pour nous permettre de résoudre le meurtre d'Helen. Tu nous affirmes qu'elle n'était pas du genre à aller trop loin. Pourtant, c'est exactement l'impression qu'on nous a donnée d'elle.

Il bomba le torse.

— Alors, personne ne la connaissait comme moi. Elle était adorable.

— C'est aussi ce que nous avons entendu, admis-je, perplexe. À croire qu'il existait deux versions distinctes de cette jeune fille…

— Tout ce que je peux vous dire, c'est comment elle était avec moi.

Malgré mon expérience très limitée en matière d'adolescents, il me semblait possible qu'elle se soit comportée différemment selon la personne qui se trouvait face à elle et la nature de leur relation.

— Je suppose donc qu'Helen est venue dans la ruelle et que tu l'y as retrouvée, c'est bien ça ? demanda Luke en renvoyant la conversation au matin de la mort d'Helen.

— J'ai laissé la porte de derrière entrouverte. Elle est entrée et elle m'a attendu là. Quand je n'ai plus eu de clients, j'ai fait un saut dans l'arrière-boutique et on s'est un peu bécotés… jusqu'à ce que M. Simpson nous surprenne. Je ne m'attendais pas à le voir revenir.

— Oui, j'imagine, murmura Luke. Et ensuite ?

— Il était furieux. Il a traité Helen de tous les noms et m'a dit que si je n'apprenais pas à me tenir et à garder la boutique quand il me le demandait, j'allais devoir me trouver un autre travail.

— Et toi, il ne t'a pas insulté ? interrogeai-je, incapable de m'en empêcher.

La perplexité s'empara de nouveau des traits de Kenneth.

— Moi ? Non. Pourquoi l'aurait-il fait ?

Je m'efforçai de ne pas montrer ma frustration. Pourquoi Helen était-elle toujours la seule à faire l'objet des reproches ?

— Quelle a été la réaction d'Helen ?

Le jeune homme esquissa un sourire.

— Oh, elle a éclaté de rire. Elle a cru que c'était une blague.

— M. Simpson a-t-il dit autre chose ?

— Il a dit que s'il la revoyait un jour dans sa boucherie, il irait dénoncer son comportement à son oncle, notre pasteur. À ça, Helen a répondu que… commença-t-il en se tenant le ventre, comme s'il avait du mal à retenir ses rires. Elle lui a répondu de ne pas s'inquiéter, parce qu'elle ne mettrait plus jamais les pieds dans sa boutique puante, même pour tout l'or du monde !

Peut-être la blague m'échappait-elle, mais je ne voyais pas ce que Kenneth trouvait de si drôle aux paroles de la jeune fille. D'un bref regard, je constatai que Luke était tout aussi dubitatif.

— Et qu'est-il arrivé après son départ ?

— M. Simpson m'a tiré les oreilles. Puis il a fini par retourner à la foire et m'a confié la boucherie.

— Bien. À présent, je vais te poser une question d'une importance capitale, expliqua Luke lentement et distinctement, en s'assurant qu'il avait toute l'attention du jeune homme avant de poursuivre. Pourquoi as-tu quitté la boutique ?

— Eh bien, M. Simpson me l'a permis. Il est revenu, m'a dit qu'il avait parlé d'Helen à sa tante et que je pouvais m'absenter une demi-heure pour faire un tour à la foire. Il fallait simplement que je rentre assez tôt pour l'aider à ranger avant la fermeture.

— Est-ce que tu as vu Helen là-bas ?

Kenneth considéra Luke comme s'il avait perdu l'esprit.

— Bien sûr. Je l'ai déjà dit, non ? Elle était allongée dans l'herbe avec…

Cette fois-ci, le pasteur l'interrompit.

— Oui, oui, inutile de le répéter. Ce que j'aimerais savoir, c'est si tu l'as croisée après son départ de la boucherie, mais avant de la trouver morte.

— Non.

— Alors qu'est-ce qui t'a attiré derrière le chapiteau ? poursuivit Luke. C'est ce qui m'échappe.

Kenneth contempla ses chaussures.

— C'est un peu gênant à dire, révérend.

— Plus gênant que le reste de cette conversation ?

— C'est à cause de la femme du médecin. Elle racontait à tout le monde qu'il était arrivé une sorte d'incident impliquant son mari derrière la tente.

Je dus me retenir de le secouer.

— Ça n'explique tout de même pas que tu aies accouru comme si tu avais un fou furieux aux trousses !

— Justement, c'est là que ça devient vraiment embarrassant…

Après avoir brièvement croisé mon regard, il vira à l'écarlate, frappa le sol de la pointe de sa chaussure puis leva les yeux vers Luke.

— Je croyais qu'il y avait quelque chose entre Helen et le médecin, reprit-il. Alors je me suis dépêché d'aller voir si j'avais raison et c'est là que je l'ai trouvée. Morte.

— Est-ce que tu savais qu'elle serait derrière le chapiteau ?

— Bien sûr que non ! Si M. Reynolds fricotait avec Helen, vous croyez que sa femme serait allée le rapporter à tout le monde ? rétorqua-t-il, ironique.

Luke secoua la tête.

— Je ne comprends toujours pas.

— Moi, je crois que si, dis-je lentement. Avant de partir voir ce qu'il se passait derrière la tente, tu as pensé qu'Helen y était peut-être mêlée. Ai-je raison d'en déduire que tu avais vu ou entendu quelque chose qui aurait pu te pousser à croire qu'il y avait anguille sous roche entre elle et le médecin ?

Il hocha vigoureusement la tête.

— Oui, madame, vous avez tout compris. M. Reynolds la harcelait constamment, ce que je trouvais bizarre pour un homme de son âge. Je voulais la protéger.

Le médecin semblait à peine plus âgé que moi. L'espace d'un instant, je me demandai comment Kenneth me décrirait derrière mon dos. Tout compte fait, je préférais ne pas le savoir.

— Est-ce que tu l'as vu l'importuner de tes propres yeux ?

— Eh bien, non, pas tout à fait, mais Helen m'en a parlé. C'est pour ça qu'elle voulait quitter Winteringham.

— Pourtant, elle y revenait tout juste.

— Elle économisait pour déménager loin d'ici.

— Où ça ? questionnai-je brusquement.

— À Hollywood pour devenir actrice, répondit-il, non sans une certaine fierté. Imaginez un peu ! Ma petite amie, vedette de cinéma…

— Mais elle n'avait pas d'emploi. Comment espérait-elle financer son voyage ?

— Elle savait se débrouiller, assura-t-il, mystérieux. Est-ce que je peux y aller ? M. Simpson va sûrement déduire le temps que je vous ai consacré de ma pause déjeuner.

— Oui, file, consentit Luke. À moins qu'il ne vous reste des questions, madame Miller ?

— Non, je crois qu'on a ce qu'il faut, répondis-je avant de sonder le visage de Kenneth. Pour le moment.

Lorsqu'il m'eut remis l'os pour Lizzie, nous regagnâmes la rue.

— Qu'est-ce que vous entendiez par là ? m'interrogea le pasteur. « Pour le moment » ?

— Vous n'avez pas vu sa réaction ?

— Il a eu l'air inquiet.

— Exactement. Parce qu'il ne nous a pas tout dit. Il a omis une information cruciale. Quand il a cru qu'on n'avait plus de questions à lui poser, il s'est détendu trop vite.

Luke secoua la tête.

— Je ne vous suis pas.

— Il était anxieux le temps de notre interrogatoire, mais, dès qu'il a su qu'on en avait terminé, la tension dans ses épaules s'est relâchée. Il est au courant de quelque chose concernant les projets d'Helen.

Quoi et comment allions-nous le découvrir ? Voilà la vraie question.

*

— Et maintenant ?

— Je crois qu'on devrait retourner voir Doris, suggérai-je. J'aimerais savoir si elle se doutait qu'Helen avait l'intention de partir à Hollywood.

Luke utilisa le heurtoir pour frapper quelques coups rapides à la porte du presbytère. Après une attente passablement longue, ce fut Doris qui, à ma grande surprise, vint nous ouvrir à la place de sa bonne.

— Bonjour. Entrez, suivez-moi dans le séjour.

Elle ne semblait pas particulièrement ravie de nous voir, mais son ton n'était pas hostile. Elle nous conduisit dans une pièce adjacente à la cuisine. Elle était inoccupée, mais je remarquai, par l'entrebâillement de la porte menant au jardin, qu'un panier de linge attendait dans l'allée.

— Pas de Mme Davies, aujourd'hui ?

— Je ne sais où elle est partie, admit Doris. Elle ne doit pas être bien loin. Au jardin, peut-être.

Assise sur des coussins dans un parc pour bébé, Janet entrechoquait joyeusement deux cubes de bois. Étant donné la sollicitude de Doris pour sa fille, j'étais surprise qu'elle l'ait abandonnée le temps d'aller ouvrir la porte. Je souris à l'enfant, qui me gratifia en retour d'un sourire édenté. Elle était décidément d'une nature heureuse. Se pouvait-il qu'elle la tienne de sa mère et que la jeune fille revêche que nous avions rencontrée n'ait pas été la vraie Helen ?

— Nous n'allons pas te retenir trop longtemps, lui assura Luke. Vous êtes sûrement très pris par les préparatifs.

— Freddie est allé à la poste envoyer un télégramme à ma sœur, expliqua-t-elle, les yeux rivés sur sa fille. La nouvelle va l'anéantir.

— Il paraît qu'Helen avait l'intention de quitter Winteringham pour s'installer à Hollywood. Est-ce que vous le saviez ?

D'un même mouvement, elle haussa les épaules et secoua la tête.

— Non. Vous m'avez déjà demandé si j'étais au courant de ses projets et je vous ai dit que non. Je ne vois pas par quel moyen elle aurait pu s'y rendre et il ne me semble pas qu'elle ait eu des connaissances aux États-Unis.

— Quand on a fouillé sa chambre, hier, j'ai remarqué que son sac à main n'y était pas, ajoutai-je. Et elle ne l'avait pas quand on l'a retrouvée.

Trop tard, je m'aperçus que nous aurions dû demander à Kenneth si elle l'avait lorsqu'elle était passée le voir le matin de son décès.

— Elle ne s'en séparait jamais. Comme toutes les jeunes filles de son âge.

— Je suis d'accord. C'est pour ça que je trouve d'autant plus étonnant qu'on ne l'ait pas encore retrouvé.

— L'inspecteur qui est passé nous voir hier soir nous a dit que ses hommes allaient fouiller le champ derrière le chapiteau, au cas où le meurtrier l'y aurait jeté.

— Je me demande ce qui aurait pu le pousser à faire une chose pareille, souligna Luke innocemment. Et vous, Martha, vous voyez une explication ?

En l'entendant m'appeler par mon prénom, Doris arqua un sourcil et l'observa, l'air curieux. Afin d'attirer son attention sur moi, je me raclai la gorge.

— Il devait contenir quelque chose qu'il convoitait. Ça, je peux le comprendre. Mais pourquoi l'abandonner ensuite dans la nature ? Je ne vois pas. Le plus sensé aurait été de le laisser au sol, près d'elle, après s'être servi.

Luke claqua des doigts.

— Il ne voulait peut-être pas s'attarder près du cadavre pour fouiller le sac, de peur d'être surpris ! Oui, ce doit être la raison. Il a dû l'emporter pour l'inspecter au calme.

Je me gardai de mentionner que, si le meurtrier souhaitait simplement récupérer l'argent, il lui aurait suffi de le prendre dans le portefeuille d'Helen. Luke pensait-il que le sac renfermait autre chose ? Hélas, le moment était mal choisi pour parler à Doris de l'inconnu qui avait remis la liasse à sa nièce.

— Elle n'avait rien de valeur, objecta-t-elle. Je ne vois pas ce qu'on aurait pu lui envier.

— Et Janet, avez-vous parlé d'elle à l'inspecteur ?

En prononçant son nom, Luke eut un sourire. De toute évidence, il adorait cette enfant.

— Naturellement. Freddie pensait que c'était préférable.

— Il vous a sans doute demandé si vous connaissiez l'identité du père, supposa le pasteur, l'air de ne pas y toucher.

Elle pinça les lèvres.

— On lui a donné la même réponse qu'à vous. Ni Freddie ni moi ne savons de qui il s'agit. On le regrette, évidemment.

— Mais, d'après toi, qui ça pourrait être ?

— Le docteur Reynolds, répondit-elle sans hésitation.

— Helen l'a consulté pendant sa grossesse ?

— Bien sûr. Il était le seul, à part Freddie et moi, à connaître son secret.

— Et sa femme ? Il me semble que c'est elle qui tient le secrétariat de son cabinet. Elle ne s'est rendu compte de rien ?

Doris fit non de la tête.

— M. Reynolds a inversé les notes dans nos dossiers, de façon que celles d'Helen figurent dans le mien.

— Est-ce qu'ils ont des enfants ? questionna Luke.

— Oui, deux.

Il fronça les sourcils.

— Dans ce cas, pourquoi le soupçonnes-tu de vouloir du bébé ? Tu disais craindre que quelqu'un vienne vous en retirer la garde.

Elle soupira.

— Je crois qu'il est le père, mais ce n'est que mon avis. Tu ne vois donc pas que c'est ce que s'imaginerait n'importe lequel des hommes qui… qui avaient une liaison avec Helen ?

Luke secoua la tête.

— Là, je ne te suis plus.

— Si je comprends bien, intervins-je, il est probable que le médecin soit le père du bébé. En revanche, Doris sous-entend qu'Helen a pu le faire croire à n'importe lequel de ses flirts.

Mon ami opina lentement du chef, le temps d'assimiler l'information pour de bon.

— Je vois… Admettons donc qu'elle ait annoncé à Kenneth que c'était lui le père. Il y croirait sans doute dur comme fer, que ce soit vrai ou non.

— Rien ne nous dit qu'Helen et lui aient été proches, cependant, m'empressai-je de préciser.

— Vous seriez bien les seuls à ne pas le penser, fit remarquer Doris, les mains jointes sur les genoux. Surtout après le scandale qu'a fait le boucher hier. À l'en croire, il les a surpris en plein ébat.

— Il est fort possible qu'il ait exagéré.

Elle haussa les épaules.

— Quelle importance ? Le mal est fait. Tout le monde l'a entendu. Et, de toute façon, Helen n'est plus là pour démentir les faits.

J'étais tentée de lui rappeler qu'elle pourrait s'en charger elle-même. Ou bien encourager Freddie à prononcer un sermon lors de l'office, ce que faisait Luke lorsqu'il arrivait au village quelque chose qui méritait d'être abordé, sans avoir à apostropher directement les personnes concernées.

Le jour où Ada, ma voisine, lui avait rapporté qu'elle avait vu le jeune Billy Morris voler les pommes de son jardin, il avait composé un sermon sur les périls du vol. Apparemment, au fil de son discours, le garçon s'était fait de plus en plus rouge et avait fini par présenter ses excuses à Mme Garrett – une démarche que « le Seigneur en personne » l'aurait incité à entreprendre, selon ses mots.

Je me demandais ce que penseraient les habitants de Winteringham d'un sermon intitulé : « Que celui qui n'a jamais péché jette la première pierre. »

Doris s'essuya le front du revers de la main.

— Si vous n'avez pas d'autres questions, je vais aller mettre Janet au lit. Pour tout vous dire, je suis fatiguée, moi aussi. J'ai eu bien du mal à trouver le sommeil, la nuit dernière.

Luke et moi nous levâmes de concert.

— Bien sûr. Merci de nous avoir reçus, Doris. Une fois de plus, je suis sincèrement navrée pour votre nièce.

La plupart des gens fondraient en larmes en songeant au proche qu'ils venaient de perdre. J'en avais même vu certains éclater en sanglots à la simple évocation du nom du défunt, des années après sa mort. Pas une larme, cependant, ne vint embuer les yeux de Doris, dont l'expression demeura imperturbable.

Helen avait vécu plus de sept ans au village, élevée par les Butler. Comment se faisait-il que personne ne semble regretter la disparition de cette pauvre jeune fille ?

8

Lorsque nous nous rendîmes au cabinet du docteur Reynolds, sa femme nous annonça, sans ambages, qu'il était trop occupé pour nous recevoir. Par ailleurs, ayant déjà répondu aux questions de la police, il n'avait aucune raison de se répéter.

Elle ne nous laissa pas d'autre option que de quitter la pièce exiguë qui lui servait de secrétariat. Dociles, nous sortîmes du bâtiment pour regagner la rue. Annie avait raison : Vera Reynolds était une épouse très protectrice.

— Et maintenant ?

— Elle a dit qu'il était en visites à domicile, rappelai-je. Je propose donc qu'on traîne dans le coin pour l'intercepter à son retour.

— Qu'on « traîne » ? répéta Luke, hilare. Ça ne me semble pas être une activité très convenable pour un pasteur.

Passer tout son temps en compagnie d'une femme mariée non plus, mais mieux valait ne pas le souligner.

Le cabinet médical était situé dans le bourg, dans la même ruelle que la boucherie, le pub, le primeur et la poste, pour ne citer qu'un échantillon des commerces. Nous passâmes devant chacune de leurs vitrines, laissant le presbytère et le parc derrière nous.

Au bout de la rue s'étendait un petit étang. Un groupe de cygnes flottait élégamment sur sa surface calme. Je désignai un banc sur la rive opposée.

— Regardez.

— Ce ne serait pas le médecin ?

— Je crois que si, répondis-je. Quel coup de chance !

— Je ne sais pas si son intention était de nous éviter, nous ou quelqu'un d'autre, mais, dans un si petit village, les cachettes ne doivent pas être nombreuses.

La main en visière pour protéger mes yeux du soleil, je l'observai plus attentivement.

— Je n'ai pas l'impression qu'il se cache.

Une fois plus près, nous vîmes qu'il était penché en avant, les coudes sur les genoux. Il se tenait un mouchoir sur les yeux et ses épaules tressautaient comme s'il sanglotait.

Luke se figea. La pitié se lisait sur son beau visage.

— On ferait mieux de garder nos distances.

J'étais déchirée entre l'entraîner vers l'avant et tourner les talons pour rentrer chez Annie. M. Reynolds serait humilié d'être surpris en pleurs, mais il nous fallait absolument lui parler. Son témoignage était primordial pour nous permettre de percer le mystère de la mort d'Helen.

Nous hésitions encore lorsqu'il leva la tête.

— Fermez la bouche, Martha, elle est grande ouverte, me souffla Luke avant de lever la main pour le saluer. Bonjour, docteur. Encore une belle journée !

— Je croyais que la discrétion était au programme à l'école des pasteurs, murmurai-je. Auriez-vous fait l'impasse sur cette leçon ?

— Oui, très ensoleillée, répondit M. Reynolds tandis que nous l'approchions.

Luke étudia son expression.

— Veuillez nous excuser, je sens que le moment est mal choisi.

Le médecin se poussa sur le banc.

— Pas du tout. Voulez-vous vous asseoir, madame Miller ?

Il semblait tout bonnement dévasté. La compassion l'emporta sur mon désir de l'interroger.

— Non, merci. On ferait mieux de continuer notre promenade et de vous laisser à vos réflexions.

— Pour tout vous dire, je ne serais pas contre un peu de compagnie.

— Dans ce cas, répondis-je avec calme, ma fébrilité réprimée, je vais me joindre à vous, si vous êtes sûr que ça ne vous dérange pas.

Il me jeta un bref regard avant de scruter les oiseaux qui nageaient dans la mare, comme s'il n'en avait jamais vu de sa vie.

— Vous avez dû trouver mon comportement très étrange, hier.

— On s'est simplement dit que la découverte du cadavre de Mlle Kennedy vous avait choqué, lui assura Luke. Tout comme nous.

— C'était affreux. Vous, au moins, vous ne vous êtes pas laissés dépasser par vos émotions. En toute honnêteté, j'ai encore du mal à me maîtriser.

— Qu'est-ce qui vous bouleverse autant, si ce n'est pas indiscret ? demandai-je avec douceur. Hier, vous avez nié être proche d'Helen et l'avoir eue comme patiente. C'est faux, n'est-ce pas ?

Un rire jaune échappa au médecin.

— Je mens très mal. Vera me répète sans arrêt que je me fatigue pour rien. Elle ne se laisse jamais prendre.

Quel mensonge avait-il essayé de servir à sa femme ? Était-ce à propos d'Helen ? Ou, plus exactement, de sa liaison avec elle ?

— Est-ce que vous aviez une relation avec cette jeune fille ?

Dans l'espoir qu'il réponde à ma question, je l'avais formulée sans reproches, d'une voix douce. Il secoua vivement la tête de gauche à droite.

— Non. Enfin, si. Mais pas dans le sens où vous l'entendez.

— Est-ce que vous pouvez développer ?

— Je lui donnais de l'argent, avoua-t-il.

Sans prendre le temps de respirer, j'enchaînai avec la question suivante. Tant qu'il nous confiait les détails de sa vie privée, je ne voulais pas lui fournir une seule raison de se raviser.

— Lui en auriez-vous remis le jour de sa mort ?

Il tourna brusquement le regard vers moi.

— Comment le savez-vous ?

— On vous a vu.

— On était en balade au village, expliqua Luke, presque confus. On a vu quelqu'un lui donner une importante somme d'argent. La personne en question était cachée derrière une haie, donc on n'a pas vu son visage.

Le docteur Reynolds passa son mouchoir sur sa figure.

— J'aurais mieux fait de nier, dans ce cas, n'est-ce pas ? J'imagine que ça fait de moi un suspect potentiel. L'inspecteur de police qui m'a interrogé tout à l'heure me regardait comme si je ne valais pas plus cher qu'une mouche qui aurait atterri dans sa bière.

Luke arqua un sourcil.

— Qu'est-ce que vous lui avez dit ?

— Rien. Je vous en ai révélé bien plus.

— Êtes-vous le père de Janet ? questionna le pasteur à brûle-pourpoint. C'est ce que soupçonne Mme Butler. Nous dire la vérité soulagerait peut-être votre conscience.

— Non, répondit-il, indigné – c'était la première fois de la journée que nous le voyions protester. Je vous ai dit que ce n'était pas la nature de ma relation avec Helen et c'est la stricte vérité.

— Dans ce cas, pourquoi lui donniez-vous de l'argent ?

— Pour acheter son silence.

Cet aveu semblait avoir coûté à M. Reynolds son ultime once de dignité. Ses épaules s'affaissèrent et les larmes lui montèrent aux yeux.

Était-il ému pour Helen ? Ou se souciait-il davantage, comme tous les autres, de l'impact de la mort de cette jeune fille sur sa petite personne ?

— Elle vous faisait chanter ? déduisit le pasteur d'une voix douce. Elle connaissait une information très importante que vous ne vouliez dévoiler à personne d'autre ?

— En effet, mais ce n'est pas elle qui savait quelque chose. Au contraire.

— Je ne comprends pas. Pourquoi la payer si elle ne savait rien à votre sujet ?

Le médecin se leva d'un bond.

— J'en ai trop dit. J'aurais mieux fait de me taire.

Luke lui tendit la main.

— Attendez, monsieur Reynolds, je vous en prie…

Mais il le repoussa et s'éloigna à la hâte sans un regard en arrière.

— Qu'est-ce que ça peut bien vouloir dire ? m'interrogeai-je en pianotant sur ma cuisse. Vous y comprenez quelque chose, vous ?

— Non, je suis perdu.

Il m'offrit sa main pour m'aider à me lever et je m'en saisis. L'espace d'une fraction de seconde, il me scruta d'un regard pénétrant, avant de me lâcher pour se détourner.

— Venez, Martha. Allons parler à quelqu'un d'autre. Il ne manquerait plus qu'on nous voie ici tous les deux et qu'on se fasse des idées. Visiblement, c'est monnaie courante, ici.

Je me gardai de lui faire remarquer que les habitants de Westleham aussi avaient tendance à tirer des conclusions hâtives. En cela, tous les petits villages de campagne se ressemblaient.

*

— Alors, qu'est-ce que vous avez en tête ? voulus-je savoir.

J'inspirai lentement par le nez dans l'espoir d'apaiser les battements de mon cœur affolé. Chaque fois que Luke me dévisageait comme il venait de le faire, comme s'il était capable de lire dans mes pensées, parler devenait pour moi une épreuve.

— Freddie a dû rentrer de la poste, répondit-il, maussade. Allons le voir.

— Vous êtes sûr que c'est une bonne idée ?

Il avançait à grands pas devant moi, droit vers le presbytère.

— Non, mais ça vaut le coup d'essayer. Je connais Freddie depuis des lustres. Il me dira la vérité.

J'admirais son optimisme, mais, en l'occurrence, je craignais qu'il ne se trompe. Tout le monde mentait pour se préserver. Si Freddie avait profité de sa nièce, il était peu probable qu'il l'avoue à qui que ce soit, encore moins à son meilleur ami.

Parvenus près du parc, nous nous arrêtâmes pour observer l'activité qui régnait là où s'était tenue la foire. Plusieurs officiers de police en uniforme arpentaient le vaste pré, les yeux rivés sur l'herbe.

— Qu'est-ce qui se passe ici, selon vous ?

— Je crois qu'ils cherchent le sac d'Helen.

— Mais oui, bien sûr.

Ben avait dû parvenir à la même conclusion que nous : le sac à main constituait un élément clé dans cette affaire. Le fait qu'ils soient encore à sa recherche le démontrait. Nous nous dirigions vers le presbytère quand l'inspecteur nous interpella pour nous enjoindre de rentrer à Westleham.

Cette fois, quand Luke frappa à la porte des Butler, nous attendîmes encore plus longtemps que quelqu'un se montre. Je m'apprêtais à suggérer d'essayer par le jardin quand Freddie ouvrit lentement la porte. Il jeta un regard par l'entrebâillement, soupira, puis poussa juste assez le battant pour nous permettre d'entrer.

— Ma femme joue avec Janet dans le séjour. Je suppose que c'est à moi que vous souhaitez parler.

Voyant Luke opiner du chef, il traversa le vestibule pour ouvrir la porte du petit salon.

— On sera plus à l'aise ici, reprit-il. Au cas où on aurait à aborder un sujet personnel. Je ne voudrais surtout pas que vous vous sentiez de nouveau mal à l'aise, madame Miller.

Je ne relevai pas son sarcasme flagrant. Puisque nous espérions lui tirer des informations, mieux valait ne pas risquer de le contrarier.

— Mme Butler nous a dit tout à l'heure que vous étiez parti à la poste pour envoyer un télégramme à la mère d'Helen.

Le pasteur baissa la tête.

— En effet. Quand je pense qu'elle nous l'a confiée pendant la guerre pour la mettre en lieu sûr… Et regardez ce qui lui est arrivé ! Elle va rejeter la faute sur nous, c'est certain.

— Pourquoi ? s'enquit Luke. Le meurtrier d'Helen est le seul responsable. Sa mère devrait tout de même s'en rendre compte.

Freddie attendit que je me sois assise pour se laisser tomber dans un fauteuil. Il avait la mine profondément abattue, mais, une fois de plus, il semblait s'inquiéter davantage de l'embarras que lui causait le décès d'Helen que de sa perte.

— J'ai vu que des agents en uniforme avaient pris d'assaut le parc, fit remarquer Luke.

— Vraiment ? Je me demande ce qu'ils font.

Malgré son ton calme, Freddie était nerveux. Je le voyais à son genou, qu'il s'était mis à agiter frénétiquement.

— Ils cherchent sûrement des indices, répondit promptement Luke. Ce qu'ils auraient dû faire hier, immédiatement après la mort d'Helen.

Son ami croisa les bras.

— Où veux-tu en venir, à la fin ?

Lui et Luke se fusillèrent du regard. Ils n'avaient plus l'air de deux pasteurs qui se connaissaient et s'adoraient depuis des lustres, mais de deux ennemis jurés.

— Est-ce que tu es le père du bébé d'Helen ?

Freddie cligna des paupières, mais ne détourna pas le regard.

— Je pensais que tu connaissais déjà la réponse à cette question. Les choses ont-elles tant changé entre nous pour que tu doutes de mon honnêteté ?

— J'aimerais l'entendre malgré tout, insista Luke, l'air effondré. Alors ?

— Bien sûr que je ne suis pas son père, répondit-il avant de secouer légèrement la tête. Enfin, c'est ma fille. La mienne et celle de Doris, parce que nous en avons assumé la charge quand sa mère s'en est montrée incapable. C'est mon nom qui figure sur son acte de naissance. D'un point de vue légal, Janet est mon enfant.

— Quel rôle a joué le médecin dans votre petit jeu ? demanda Luke, le ton cinglant.

— Nous n'avons pas eu d'autre option que de le mettre dans la confidence – il fallait bien qu'il examine Helen.

Mais c'est un médecin, il est tenu au secret. Le seul à devoir connaître la vérité sur la naissance de Janet, c'est l'inspecteur Robertson, et je lui ai déjà tout dit.

— Et que faites-vous de la grand-mère du bébé ? intervins-je. Ne mérite-t-elle pas d'être mise au courant, elle aussi ?

— Non, répondit aussitôt Freddie. Ce ne sont pas ses affaires.

Je fronçai les sourcils.

— C'est donc elle qui vous inquiète, que vous croyez capable de vous enlever le bébé ? Si les autorités ne peuvent pas prouver l'identité de son père, la mère d'Helen serait son plus proche parent, n'est-ce pas ?

— Betty n'osera pas retirer Janet à sa sœur. Elle sait qu'elle rêvait d'un bébé depuis toujours. Vous faites erreur, madame Miller.

Je n'aimais pas le ton dédaigneux qu'il prenait avec moi, comme si je n'étais qu'une moins que rien. Il aurait pu se montrer plus courtois, ne serait-ce que parce que j'étais l'amie de Luke.

— As-tu redonné de l'argent à ta nièce pour qu'elle quitte Winteringham ? questionna ce dernier. J'ai cru comprendre qu'elle avait une somme importante sur elle quand on l'a tuée.

Freddie serra les mâchoires.

— Comment se fait-il que tu sois au courant ?

Luke étudia son ami, imperturbable.

— D'après toi ?

— C'est votre ami inspecteur qui s'est permis de vous confier cette information ? demanda le pasteur, sidéré. Une faute pareille pourrait lui coûter son poste.

— C'est vrai que Luke et lui ont partagé une chambre au Railway Inn, la nuit dernière, glissai-je pour épargner à mon ami un mensonge éhonté.

Freddie fit la grimace.

— « Luke », vous dites ? Je vous trouve bien intimes, tous les deux. Vous vous permettez de me juger, mais vous êtes très proches pour de simples voisins. J'ai remarqué la façon dont vous vous regardez. Comment osez-vous me faire la leçon alors que vous ne valez pas plus cher que moi ?

J'aurais voulu proclamer notre innocence et assurer à Freddie que notre relation se bornait aux regards qu'il avait surpris – nous n'étions jamais allés plus loin et nous n'en avions pas l'intention. Cependant, quelque chose me disait que cela ne ferait qu'alimenter ses soupçons.

Les narines dilatées, Luke prenait de longues inspirations, le regard toujours braqué sur son ami.

— Qu'est-ce que tu sais à propos de cet argent, Freddie ?

— Rien.

— Tu le lui as donné pour qu'elle disparaisse, n'est-ce pas ? Elle voulait partir à Hollywood. Comment y serait-elle parvenue sans d'importantes économies ?

Freddie s'esclaffa et, l'espace d'un instant, je crus que Luke allait se lever de sa chaise pour lui écraser son poing sur le nez, comme il avait menacé de le faire.

— Tu es pasteur aussi, mon vieux. Tu sais bien qu'avec notre salaire, on n'a même pas les moyens de voyager en Écosse, alors ne parlons pas des États-Unis.

En l'entendant l'appeler « mon vieux », Luke se cramponna encore plus fort aux accoudoirs du fauteuil. Lorsqu'un cri sonore retentit subitement à l'extérieur, nous nous tournâmes tous les trois vers la fenêtre. Les voilages délicats de Doris obstruaient la vue.

Quelques instants plus tard, elle entra en toute hâte dans la pièce, Janet dans les bras.

— Qu'est-ce que c'était ? Que se passe-t-il ?

— Ne restons pas là, balbutiai-je en me précipitant dans le vestibule, les jambes vacillantes. Vite !

Les doigts tremblants, je tentai de tourner la serrure à goupille de la porte d'entrée. Luke me rejoignit et la déverrouilla à ma place.

— Qu'est-ce qu'il y a, Martha ?

— Il se passe quelque chose dehors.

J'avais horreur de perdre mes moyens lorsqu'il était tout proche, mais c'était plus fort que moi : je devenais incapable de former une phrase intelligente. Bien sûr qu'il se passait quelque chose dehors ! Les agents de police ne criaient pas sans raison.

— Vous avez compris ce que ces voix ont crié ?

— Non, pas un mot, répondis-je, l'air grave, tandis que nous nous élancions dans l'allée. Mais s'ils ont trouvé quoi que ce soit, ils viendront immédiatement au presbytère et je n'ai aucune envie d'être coincée là lorsqu'ils y poursuivront leur enquête.

Nous étions tout juste parvenus au bout de l'allée que des haut-le-cœur retentirent. Luke pressa le pas.

— Est-ce que tout va bien ?

Un agent en uniforme se redressa pour le regarder, la mine piteuse. Il indiqua un point derrière lui.

— On a trouvé un cadavre.

— De qui s'agit-il ?

— D'une dame âgée, répondit-il, toujours plié en deux. Elle a les cheveux gris et frisés et porte un tablier. Bonté divine…

— Elle s'est peut-être évanouie, suggéra Luke, calme.

— Oh, non, révérend. Elle est morte, affirma l'agent avant de fermer les yeux, secoué par un nouveau spasme. Étranglée avec une paire de bas. Aucun doute là-dessus.

— Cette description ressemble à Edith Davies.

Luke se tourna vers moi, la mine grave.

— C'est vrai.

Après nous être assurés que nous ne pouvions être d'aucune aide à l'agent de police nauséeux, nous prîmes congé pour nous approcher d'un groupe de ses collègues postés près de la clôture du parc.

Lorsque nous ne fûmes plus qu'à quelques pas, nous distinguâmes le corps de la bonne à tout faire des Butler, étendu dans l'herbe sur le dos. On lui avait étroitement lié le cou à l'aide d'une paire de bas.

Ben interrompit son inspection du cadavre et nous repéra aussitôt.

— Vous n'avez rien à faire ici, vous deux !

— Nous venions vous proposer notre aide, fit valoir Luke.

— Un de vos hommes est bien mal en point, ajoutai-je.

L'inspecteur fit la grimace.

— Quand je l'ai vu verdir, je l'ai envoyé sécuriser le périmètre.

— J'ai bien peur qu'il soit trop occupé à fertiliser la pelouse pour empêcher qui que ce soit de s'approcher des lieux, signalai-je.

Il me lança un regard excédé.

— Oui, de toute évidence. Avant de partir, pouvez-vous me dire si vous reconnaissez cette femme ?

— Je croyais que vous l'aviez déjà rencontrée.

— J'ai vu beaucoup de monde ce matin.

— C'est Edith Davies, l'informai-je. La bonne à tout faire de Freddie et Doris Butler.

— Qui aurait bien pu vouloir la tuer ? se demanda Luke.

C'était une excellente question.

9

— Que s'est-il passé ? s'enquit Annie, inquiète, lorsque nous franchîmes le portail de son jardin. Je vois à vos mines que quelque chose ne va pas.

Je m'affalai sur le muret qui bordait la pelouse.

— C'est Edith Davies.

— Edith ? répéta-t-elle en portant une main devant sa bouche. Est-ce qu'il lui est arrivé malheur ?

— J'ai bien peur qu'elle soit morte.

— Assassinée, ajouta Luke.

Ruby sortit dans le jardin, Lizzie sur les talons.

— Qui d'autre a été assassinée ?

La capacité de ma sœur à évoquer avec nonchalance un incident tragique comme celui-ci m'impressionnerait toujours. Lorsque Lizzie vint se frotter contre ma jambe, je me baissai pour lui caresser le flanc.

— Edith Davies, la bonne des Butler.

Ruby secoua la tête.

— Qui pouvait bien en vouloir à cette vieille dame ? Elle ne faisait sûrement de mal à personne.

— Elle devait savoir quelque chose sur la mort d'Helen, dis-je. Le meurtrier a dû la tuer pour l'empêcher de parler.

— Il faut réunir les gens de Westleham, déclara ma cadette avant de toucher le bras d'Annie. Ça ne vous dérange pas que j'aille chercher Ada et Maud au pub ? À nous six, je suis prête à parier qu'on aura résolu cette affaire avant le dîner.

Je lui souris.

— J'aime beaucoup ton enthousiasme, mais on n'a encore aucune idée de qui a tué Helen. Sans compter que nos voisines ne connaissent pas les gens d'ici. Je ne vois pas en quoi elles pourront nous aider.

Elle secoua la tête, l'air triste, comme si je la décevais terriblement.

— Rien ne leur échappe, à ces deux-là. On est peut-être loin de chez nous, mais tu peux être sûre qu'elles n'ont pas perdu leur talent pour flairer le moindre ragot !

— Encore faut-il qu'elles soient toujours là, intervint Luke. Martha et moi avions prévu de prendre le bus pour Westleham demain, mais il me semble que Mme Garrett et Mme Burnett devaient rentrer aujourd'hui.

— Dans ce cas, dépêchez-vous d'aller les chercher, jeune fille ! ordonna Annie en faisant signe à Ruby de filer. Vous allez réussir à courir avec ces escarpins ?

Ma sœur lui décocha un sourire.

— Les rues pavées sont un peu périlleuses, mais les sentiers de terre ne me posent aucun problème.

Lorsqu'elle ferma le portail du jardin derrière elle, mon hôtesse se tourna vers moi.

— Je crois que je n'ai jamais vu de femme aussi bien mise que votre sœur – et avant le petit-déjeuner, qui plus est ! Elle est la preuve vivante que les choses changent. Il n'est plus question qu'on reste entretenir la maison, des bigoudis plein les cheveux, pendant que les hommes sortent travailler !

Luke frappa dans ses mains.

— Bien dit ! Un jour, peut-être, on verra des femmes à toutes sortes de postes. Imaginez un peu qu'on ait une Première ministre !

Annie lui lança un regard sceptique.

— Ne fabulez pas non plus, révérend. Enfin, ce serait merveilleux que ça se produise de notre vivant. Ça ne fait pas de mal de rêver un peu.

Cette éventualité me paraissait presque inconcevable, mais Annie avait raison : le simple fait de l'envisager faisait chaud au cœur. Luke était un homme très moderne. Je n'imaginais pas mon mari tenir le même discours.

— Voulez-vous que je mette de l'eau à chauffer pour le thé, Annie ? Si nos voisines se joignent à nous.

Luke me toucha furtivement l'épaule.

— Ne bougez pas, madame Miller. Puisqu'il en est question, c'est moi qui vais m'en charger. À condition que Mlle Raynor ne voie pas d'objection à ce que je m'immisce dans sa cuisine.

— Faites comme chez vous, révérend ! répondit gaiement l'intéressée, émerveillée. Quel homme formidable ! soupira-t-elle sitôt qu'il eut franchi la porte du jardin.

— C'est vrai. Ses sermons sont fantastiques, m'empressai-je d'ajouter avant que ma nouvelle amie ait le temps de se faire une fausse impression. Et il est le premier au village à tendre la main à ceux qui en ont besoin. Ce qu'on peut attendre d'un homme de sa profession, bien sûr.

À en juger par son expression, mes paroles pieuses ne l'avaient pas tout à fait convaincue.

— Mais sait-il cuisiner, Martha ?

Nous partîmes dans de grands éclats de rire qui semblaient tout à fait à propos en cet après-midi d'été, mais déplacés dans un village qui venait de subir deux morts aussi violentes que soudaines.

*

Ma sœur revint avec Ada et Maud à l'instant précis où la bouilloire sifflait.

— Où est le pasteur ? voulut savoir Maud.

Annie et moi échangeâmes un regard malicieux.

— On l'a envoyé préparer le thé.

— Mais c'est scandaleux ! s'exclama-t-elle, faussement indignée. Où va le monde ?

Lorsque chacun fut installé confortablement, une tasse de thé à la main, Ruby prit les commandes.

— Je dois retourner au travail demain, mais l'idée de rentrer à Westleham alors qu'un assassin court encore les rues ne me réjouit pas du tout. Faisons le point et élucidons ces meurtres avant que je doive monter dans le dernier bus.

— Combien de suspects comptabilisez-vous ? demanda Annie.

— Nous en avons identifié six, me semble-t-il, répondis-je.

— Pourriez-vous nous apporter de quoi écrire, mdamoiselle Raynor ? Martha adore noter tous les éléments.

Lorsqu'Annie revint avec papier et crayon, j'inscrivis les noms au sommet de la page à mesure que Luke les énonçait.

— Freddie et Doris Butler, Harold Reynolds, Robert et Winifred Williams et Kenneth Chapman.

— Freddie et Doris ? répétai-je en l'interrogeant du regard.

À mes yeux, ils étaient aussi suspects l'un que l'autre, mais je préférais m'assurer que Luke était du même avis, malgré leur amitié.

— Soit ils sont de mèche, soit ils ont agi séparément, répondit-il, impartial. Vous n'êtes pas d'accord ?

— Si. Et si on passait en revue le mobile de chacun ?

— Freddie a très peur qu'on lui enlève Janet. Je le soupçonne d'être prêt à tout pour la garder.

Ruby posa sa tasse.

— Je ne comprends pas. C'est son enfant, non ? Pourquoi lui en retirerait-on la garde ?

— Votre sœur a peut-être tout de la femme moderne, me glissa Annie, mais, au fond, elle est encore innocente.

L'intéressée fronça les sourcils.

— Est-ce que j'ai manqué quelque chose ?

Maud se pencha en avant pour lui tapoter le genou.

— Je crois que le couple dont il est question élève cette enfant comme la sienne pour épargner à une jeune fille l'embarras d'une naissance hors mariage.

Ma sœur comprit subitement.

— On vient à peine d'arriver, madame Burnett ! Comment se fait-il que vous soyez déjà au courant d'une chose pareille ?

— Je ne l'étais pas, rectifia Maud. Mais je m'en doutais. Ce qui m'a mis la puce à l'oreille, c'est que Mme Butler tienne tant à porter sa fille partout alors qu'elle dispose d'un landau en parfait état. Quand on atteint un certain âge, on devient plutôt doué pour remarquer certains détails qui échappent à d'autres.

— Vous ne pensez tout de même pas qu'elle ait pu tuer sa propre nièce ! s'indigna Ruby. Ce serait révoltant !

— Pour ma part, je la crois plus capable de l'avoir fait que son mari, confia Ada. C'est elle qui s'occupe du bébé au quotidien et qui aurait été la plus touchée si on le lui avait enlevé. Est-ce qu'il y avait un risque que ça arrive ?

— Helen a quitté Winteringham un moment, l'informai-je. Puis elle est revenue. Si elle avait voulu partir avec Janet, je ne sais pas si les Butler auraient eu un moyen légal de l'en empêcher.

Certes, le pasteur nous avait révélé que l'acte de naissance du bébé le nommait comme étant son père, mais il ne me semblait pas indispensable de répéter cette information à ce stade. Au besoin, je l'ajouterais à ma liste plus tard.

— Je comprends pourquoi vous soupçonnez à la fois M. et Mme Williams, poursuivit Annie. Winifred est une femme redoutable.

— Son auberge est tout à fait accueillante, concéda Maud. Mais c'est vrai que je n'aimerais pas me la mettre à dos. Il suffit d'un rien pour qu'elle se change en vraie harpie.

Ruby balaya du regard notre groupe d'apprentis détectives.

— Je suis donc la seule à ne pas comprendre ce qui rend les Williams suspects ?

Je me tournai vers elle.

— M. Williams est le père illégitime de l'enfant.

Elle secoua la tête et fit la grimace, l'air écœuré.

— Mais il est assez vieux pour être le père d'Helen ! Elle n'a tout de même pas pu… Enfin… C'est dégoûtant.

— Malheureusement, on sait qu'ils avaient une liaison, continua Luke. Ce qu'on ignore, c'est ce qu'ils se sont dit lorsqu'ils ont été aperçus ensemble le matin du meurtre.

— Mme Williams soutient que son mari n'a pas revu Helen depuis qu'elle est rentrée à Winteringham, expliquai-je. Pourtant, un témoin digne de confiance les a surpris en pleine conversation. Si Mme Williams l'avait appris, aurait-elle été suffisamment furieuse pour tuer sa rivale ? À moins que son mari n'ait réduit lui-même Helen au silence de peur qu'elle ne révèle l'objet de leur échange ?

Maud se tapota le menton de l'index.

— Que vient faire Mme Davies dans cette histoire ? Je vois tout à fait pourquoi les quatre personnes que vous avez citées auraient pu vouloir éliminer la nièce des Butler, mais à quoi bon s'en prendre à leur bonne ? À moins que…

— Que quoi ? questionna Luke en s'avançant sur sa chaise.

— Ce matin, j'ai remarqué que le boucher avait un lapin dans sa vitrine. Je me suis demandé s'il accepterait qu'on rassemble nos tickets de rationnement, Mme Garrett et moi, pour le lui acheter, histoire d'en faire une bonne tourte à notre retour, ce soir.

— Il y a bien longtemps que je n'en ai pas mangé, soupira Ada. Ça me ferait très plaisir.

Je posai mon crayon sur la feuille de papier.

— Je m'en doute. Mais quel est le rapport avec la mort de Mme Davies ?

— Oh, je croyais l'avoir dit, fit ma voisine, la tête penchée sur le côté, avant de m'adresser un sourire espiègle. Elle était chez le boucher en même temps que moi.

— D'accord, mais qu'est-ce qu'elle a dit ? insistai-je, impatiente.

— Elle a fait une remarque très étrange.

Décidément, Maud s'amusait à prolonger le suspense.

— Laquelle ? la pressa Luke.

— Elle voulait un chapelet de saucisses pour préparer une quiche pour le dîner du pasteur. Apparemment, c'est son plat préféré et, après ce qui est arrivé à la pauvre Helen, elle s'est dit qu'il avait bien besoin d'un…

— Madame Burnett, l'interrompit Annie. Je suis sûre que le pasteur se serait régalé si seulement sa bonne n'était pas morte avant d'avoir pu se mettre aux fourneaux. Arrêtez donc de tourner autour du pot et répétez-nous ce qu'elle a pu dire pour qu'on la tue !

Maud lui jeta un regard amusé. Notre hôtesse ne pouvait pas se douter que ma voisine adorait se trouver au centre de l'attention, comme à cet instant.

— Patience, j'y viens. Après avoir dit que le pasteur méritait de se consoler avec son plat préféré, elle a ajouté qu'elle avait entendu dire que la police cherchait le sac à main d'Helen et qu'il lui suffirait de le trouver pour découvrir l'identité du tueur, parce qu'elle savait ce qu'il contenait.

Luke secoua la tête.

— Quelle idiote…

Je retournai ma feuille de notes.

— Qui d'autre était chez le boucher ?

— Lui-même et le garçon qui l'assiste, répondit Maud avant de réfléchir un instant. Oui, il n'y avait que nous quatre, j'en suis certaine.

— Ils figurent tous les deux parmi vos suspects, je me trompe ? questionna Annie.

— Kenneth en fait partie.

— Oh, j'allais oublier ! reprit Maud. Quand je suis entrée, le boucher était en train de passer un savon au jeune Kenneth. Il lui reprochait de ne pas être très doué en arithmétique et l'a prévenu que s'il continuait à rendre trop de monnaie aux clients, il déduirait ses erreurs de son salaire.

Je griffonnai quelques notes sous le nom de Kenneth. Ruby pointa du doigt la colonne attribuée à Robert Williams.

— Tu ferais bien d'ajouter une information du même ordre ici.

— Concernant les difficultés de Kenneth en calcul ?

— Non, répondit-elle, amusée, avant de prendre une mine sérieuse. Ce qu'a sous-entendu Mme Davies à propos du sac d'Helen, dont elle prétendait connaître le contenu.

— Est-ce que tu l'as entendue le dire ?

— Oui. Je l'ai croisée au Railway Inn ce matin. Elle était venue demander à Mme Williams à quel moment elle aurait besoin de son aide.

— De son aide ?

— Quand il y a beaucoup de clients à l'auberge, comme c'est le cas ces jours-ci, Mme Davies allait souvent donner un coup de main pour faire le ménage, m'informa Annie.

— M. Williams était-il là pendant cet échange ? questionna Luke.

Ruby s'empourpra.

— Je n'ai pas fait attention. J'ai surpris leur conversation en sortant pour aller aux sanitaires.

— Partons du principe que soit il était là, soit sa femme le lui a répété.

J'ajoutai cette information dans la colonne au nom des Williams.

— Qui reste-t-il ? demanda Annie en tendant le cou pour lire le nom du dernier suspect. Ah, oui ! Le médecin.

Maud eut l'air étonnée.

— M. Reynolds ? Vous n'y pensez pas, tout de même. Il est bien trop charmant ! S'il tenait le cabinet de notre village, j'irais le voir à la moindre douleur. À mon âge, je ne manquerais pas de prétextes pour passer un peu de temps en sa compagnie.

— Il a avoué avoir donné de l'argent à Helen, révélai-je. Mais il n'a pas voulu nous dire pour quelle raison.

— Il était très étrange quand on l'a vu tout à l'heure, confia Luke, le front ridé au souvenir de ses paroles mystérieuses. Il a dit qu'Helen le faisait chanter, mais pas parce qu'elle menaçait de divulguer une information à son sujet. À l'en croire, c'était l'inverse.

— À quoi bon offrir un pot-de-vin sans raison ? se demanda Maud.

— Il y en avait forcément une, intervint Ada. Les maîtres chanteurs réclament de l'argent parce qu'ils savent quelque chose. On achète leur silence.

— C'est ce que faisait M. Reynolds avec Helen. Il l'a admis.

— On sait qu'elle a eu un enfant hors mariage et je suppose qu'étant le seul médecin du village, il savait que Janet n'était pas la fille de Mme Butler. Et si Helen avait menacé de raconter à tout le monde qu'il était son père ?

— Ça n'aurait pas marché, objecta Luke. Personne n'est au courant que Janet est la fille d'Helen.

Ada plissa les yeux.

— Vous ne comprenez donc pas ? Il aurait suffi qu'elle propage cette rumeur en prétendant qu'Helen n'était pas consentante dans cette liaison pour ruiner sa carrière – que ce soit vrai ou non.

— C'est affreux, murmurai-je. Mais ça coïnciderait avec ce qu'on sait de la situation et la réaction du médecin lorsqu'on a découvert le corps d'Helen.

— On sait aussi qu'elle cherchait à se procurer suffisamment d'argent pour partir à Hollywood, ajouta Luke. Elle en rassemblait peut-être de toutes les sources possibles au village.

Je tapotai de mon crayon la ligne que j'avais intitulée « opportunité ».

— Bon, où se trouvaient nos suspects ce matin ? À l'heure où on pense qu'Edith a été tuée, Doris était chez elle avec Janet. Le pasteur était sorti envoyer un télégramme à la mère d'Helen. À notre connaissance, Kenneth et M. Simpson étaient à la boucherie, les Williams, au Railway Inn et le médecin, en visites à domicile.

Sa tasse de thé vide, Luke la reposa sur sa soucoupe.

— Peut-on considérer que Doris est hors de cause ?

— Je ne crois pas, répondis-je. Elle est tellement réticente à l'idée de laisser Janet sans surveillance ne serait-ce qu'une minute qu'il est peu probable qu'elle se soit éclipsée pour tuer Mme Davies. Mais ce n'est pas impossible pour autant, puisque la police a trouvé le corps près de la clôture qui longe le jardin du presbytère.

— Comment l'a-t-on assassinée ? interrogea Annie.

— Je compte sur vous pour ne rien répéter, glissa Luke. L'ami de Ruby, l'inspecteur de police, risque de ne pas être content s'il apprend que je dévoile les détails de son enquête à tout le village.

— Et encore, c'est peu dire ! intervint ma cadette. Il serait furieux. Je crois qu'il ne vous a pas tout à fait pardonné d'avoir élucidé les meurtres de Westleham avant la police, tous les deux.

— Moi aussi, j'en ai bien peur.

Le regard empli de fierté que m'adressa Luke me fit recroqueviller les orteils. Je m'efforçai de me concentrer sur mes notes et non sur mes sentiments.

— L'assassin a étranglé Mme Davies avec une paire de bas, annonça-t-il.

— Doux Jésus ! hoqueta Annie.

— A-t-on déjà vu une femme faire subir un supplice pareil à une autre ? s'interrogea Ada. C'est d'une brutalité…

— Je préférerais croire que c'est impossible, mais, hélas, on sait que les femmes aussi sont capables de meurtre. Il suffit d'ouvrir le journal pour s'en rendre compte. Vous vous souvenez sûrement de l'histoire affreuse de celle qui a tué sa mère et sa sœur. Elle s'appelait Florence Ransom, me semble-t-il. Certains commettent les pires horreurs s'ils craignent que leur vie aille à vau-l'eau, dis-je avant de poser mon crayon. Je ne pense donc pas qu'on puisse écarter qui que ce soit, même s'il y a peu de chances que Doris soit notre coupable.

— Quelle est la prochaine étape ? demanda Annie.

— Ma sœur et le pasteur sillonnent le village, discutent avec tous ceux qui se trouvent sur leur chemin et percent le mystère.

Ce disant, Ruby haussa les épaules, comme si cette conclusion aurait dû paraître évidente à chacun.

— C'est un peu plus compliqué que ça, souligna Luke en gratifiant ma cadette d'un large sourire.

J'avais beau savoir que leur relation était tout à fait platonique, mon ventre se serra.

— Comme vous le savez bien, mademoiselle Andrews, reprit-il, on n'interpelle pas les gens au hasard. On s'adresse délibérément à ceux qu'on soupçonne de détenir des informations susceptibles de faire avancer nos recherches.

Annie frappa dans ses mains.

— Comme c'est excitant ! Par qui allez-vous commencer ?

— Kenneth Chapman, décrétai-je. C'est un jeune homme un peu ballot. On devrait pouvoir le persuader de se livrer.

— Pas assez ballot pour avouer le meurtre, tout de même ? questionna Annie, sceptique.

— Non, j'en doute. Mais je sens qu'il détient des informations utiles – reste à voir s'il nous les confiera volontairement ou par inadvertance.

— Je suis d'accord avec Ruby, conclut Maud. J'espère que tout ça sera résolu avant le dernier bus de l'après-midi. Je ne voudrais pas partir avant de savoir le fin mot de l'histoire !

— Nous allons faire de notre mieux, promit Luke en se levant de son siège. Allons-y, madame Miller.

*

Au bout de la ruelle qui longeait la boucherie, Kenneth se tenait appuyé contre la porte verte de l'arrière-boutique, une cigarette entre les doigts. Il ne semblait pas la fumer, mais plutôt l'observer comme si elle renfermait les réponses à tous les mystères du monde.

— Est-ce qu'on peut discuter un instant ? demanda Luke.

— C'est ma pause, geignit le garçon. Qu'est-ce que vous me voulez, encore ?

— Que dirait ta mère si elle t'entendait parler de cette manière à tes aînés ? rétorquai-je.

Il tira sur sa cigarette, étouffa un toussotement, puis souffla un panache de fumée.

— Qu'est-ce que je peux faire pour vous ?

Je hochai la tête en signe d'approbation, comme s'il était un enfant en mal d'éloges.

— Je crois qu'il y a quelque chose que tu as négligé de mentionner hier, un détail très important. Il faut absolument que tu nous en fasses part. Si tu coopères, on pourra essayer de t'aider.

Il contempla les pavés avant de porter de nouveau sa cigarette à ses lèvres.

— Si jamais le vieux Simpson apprend ce que j'ai fait, il va me mettre à la porte.

— Allez, dis-le-nous, l'encourageai-je. Autrement, on ne pourra rien faire. Y a-t-il un rapport avec l'argent que tu as donné à Helen ?

Il darda son regard sur moi, les joues en feu.

— Comment vous l'avez deviné ? Je ne l'ai dit à personne. C'est une sorcière, ou quoi ?

Cette dernière question était destinée à Luke, qui secoua la tête et lui offrit un sourire aimable.

— Non, mais elle est très intelligente et bien plus perspicace que la moyenne.

Je déduisis à ses mots qu'il ne voyait pas où je voulais en venir, aussi attendis-je que Kenneth reporte son attention sur moi avant de poursuivre.

— Je sais que tu as volé de l'argent dans la caisse pour le remettre à Helen. La seule chose qui m'échappe, c'est comment tu as réussi à le cacher à ton patron.

Le jeune homme lâcha son mégot pour l'écraser sous sa semelle. Il se gratta la nuque, les yeux résolument braqués sur le sol. Luke lui posa une main sur l'épaule.

— Tu te sentiras nettement mieux quand tu nous auras avoué ce que tu as fait.

En entendant le mot « avouer », Kenneth sembla enfin se décider à parler. Il se frotta les yeux.

— J'ai pris de l'argent dans le coffre. Helen a dit que si elle en avait assez, elle pourrait échapper au docteur Reynolds et au mal qu'il lui faisait, à son oncle et à ce fichu village !

— J'imagine donc que tu as pris dans la caisse des petites sommes par-ci par-là pour remplacer ce que tu avais retiré du coffre avant que M. Simpson ne s'en aperçoive ? supposai-je avec douceur.

— Oui, en gros.

— Pourquoi Helen souhaitait-elle échapper à son oncle ? voulut savoir Luke.

Il fallait du courage pour poser cette question. Si j'étais l'amie de Freddie, je redouterais sans doute d'entendre ce qu'en pensait sa nièce, sachant ce qu'elle avait dit au sujet du médecin.

Kenneth jeta un bref regard à Luke avant de se remettre à contempler ses chaussures.

— Il n'était pas gentil avec elle. Pas gentil du tout.

— Que faisait-il ?

— Elle n'avait nulle part où aller, vous comprenez. Mais le pasteur voulait la chasser.

— Je me demande pourquoi il a accepté de l'accueillir quand elle est rentrée à Winteringham s'il espérait se débarrasser d'elle. Ce n'est pas logique.

— Eh bien, c'est un gars comme vous, rétorqua Kenneth. Un pasteur. Ce n'aurait pas été chrétien de sa part de refuser de l'héberger. Qu'est-ce qu'on aurait dit, au village ? Il n'empêche qu'il ne voulait pas d'elle chez lui.

Luke lui tapota l'épaule.

— Je comprends. Comment se fait-il que tu saches tout ça ?

— C'est Helen qui me l'a dit. Mais j'ai aussi surpris le pasteur, un soir. Il ne savait pas que j'étais là.

Pour la première fois, je vis du chagrin sur les traits du jeune homme et j'éprouvai à son égard une certaine compassion.

— Où étais-tu, exactement ? Et qu'est-ce que tu as entendu ? le questionna Luke.

— Je raccompagnais Helen au presbytère. On se tenait au bord du chemin. Il n'a pas dû me voir quand il a ouvert la porte, sinon, il n'aurait sûrement pas parlé comme il l'a fait.

— Qu'est-ce qu'il a dit ?

En entendant l'appréhension palpable dans la voix de Luke, mon cœur se serra. Il n'y avait rien de plus déchirant que de se sentir trahi par quelqu'un qu'on croyait connaître et à qui on faisait confiance depuis toujours. J'en savais quelque chose. Après tout, mon propre mari m'avait abandonnée.

— Il a dit : « Dépêche-toi de rentrer ! Je parie que tu es encore sortie racoler comme une sale petite traînée. Tu fais honte à cette famille et j'ai hâte que tu quittes ce village pour de bon. » Ou quelque chose dans ce goût-là, répéta Kenneth en haussant une épaule. Je n'ai pas tout retenu, mais je me souviens qu'il l'a traitée de traînée. C'était injuste. Helen n'était pas comme ça.

— Donc tu as volé de l'argent à ton patron pour le lui donner. Dans quel but ? demandai-je.

— Je vous l'ai dit. C'était pour l'aider à s'enfuir.

Pourquoi risquer de perdre son emploi alors que les offres devaient se faire rares dans une si petite commune ? Quelque chose m'échappait-il ? Kenneth semblait encore plus contrarié à l'idée que M. Simpson découvre qu'il avait volé dans son coffre qu'il ne l'avait été lorsqu'il avait appris la mort d'Helen. Mais, au fond, il ne l'avait connue qu'une semaine, depuis son retour au village. Avait-il pu s'attacher sincèrement à elle en un laps de temps si court ? Je me remémorai sa réaction, la manière dont il s'était jeté sur le corps de la jeune fille. Sa démonstration tenait plus de la comédie que d'un véritable témoignage de chagrin. Une idée me vint alors.

— Est-ce que tu la payais pour qu'elle fasse semblant d'être ta petite amie ?

C'était une hypothèse hasardeuse, mais elle concordait avec les faits tels que nous les connaissions. Le voyant aux bords des larmes, je regrettai mon insistance, mais il nous fallait absolument des réponses.

— Elle était si belle…

— Oui, opinai-je, chagrine. C'est vrai.

— Quelqu'un d'autre est-il au courant ? s'enquit Luke.

— Plutôt mourir que raconter à qui que ce soit que j'ai payé une fille pour qu'elle m'accorde son attention ! s'emporta le garçon avant de jeter des regards nerveux alentour lorsqu'il se rappela où il se trouvait. Il faut que je me remette au travail.

— Un instant, je t'en prie ! Il nous reste une toute dernière question, dis-je, souriante. Tu nous as beaucoup aidés jusqu'à présent.

— Allez-y, je vous écoute, fit-il, revêche.

— Helen avait-elle son sac à main lorsqu'elle est venue te voir hier matin ?

— Bien sûr. Elle l'avait tout le temps avec elle.

— Pense à cette visite-là en particulier, pas à ce qu'elle avait l'habitude de faire. C'est très important.

Il se concentra, sourcils froncés.

— Elle l'avait, c'est certain.

— Comment peux-tu l'affirmer ?

— Parce que je lui ai redonné de l'argent. Quand le vieux Simpson a quitté la boucherie, j'en ai pris un peu dans le coffre pour le mettre dans la caisse en attendant qu'elle arrive.

— Qu'est-ce qu'elle en a fait ?

— Elle l'a rangé dans son sac.

— Et ensuite ? questionnai-je.

— Ensuite on s'est un peu bécotés.

— Merci, Kenneth.

— Ça y est, je peux y aller ?

— Oui, répondis-je. Enfin, une dernière chose…

Il se retourna vers moi.

— Quoi ?

— Il vaudrait peut-être mieux révéler ce que tu as fait à ton employeur avant qu'il ne le découvre par lui-même. À moins que tu aies déjà trouvé le moyen de restituer ce que tu as emprunté, bien sûr.

Il sembla déconcerté par ma supposition.

— Évidemment que non. Comment voulez-vous que je me procure tout cet argent ?

Je ne voyais qu'un moyen : il lui aurait fallu tuer Helen, récupérer la liasse dans son sac à main, la remettre dans le coffre puis se débarrasser du sac. Un adolescent comme Kenneth serait-il parvenu à accomplir une manœuvre pareille sans se faire prendre, cependant ? Telle était la question. Je doutais fort qu'il ait la détermination nécessaire. Mais, si Kenneth n'était pas notre coupable, qui l'était ?

10

— Oh, c'est toi, Luke, marmonna Doris lorsqu'elle vint nous ouvrir la porte. Tu arriveras peut-être à calmer Freddie. Il est dans le bureau, dans tous ses états. Il refuse de me dire ce qui ne va pas.

— Je vais faire mon possible, promit-il avant de balayer le couloir des yeux. Où se trouve le bureau ?

— Suis-moi, je vais te montrer.

Elle remonta Janet sur sa hanche et se dirigea vers la cuisine avant de désigner la porte à sa gauche.

— Il est là, reprit-elle. J'ai bien peur de ne rien pouvoir vous offrir. Il faut que j'aille coucher Janet.

À travers la porte, on entendait Freddie tirer puis repousser brutalement des tiroirs.

— Est-ce qu'il faut vraiment le déranger ?

— Oui, répondit Luke, la mine grave. L'occasion de lui parler ne se reproduira peut-être pas. Allons-y.

Il frappa un coup à la porte, l'ouvrit, puis se glissa à l'intérieur. Lorsqu'il se figea sur le seuil, je le heurtai dans le dos.

— Bon Dieu, mais que se passe-t-il, ici ?

Je me faufilai sur le côté pour voir à quoi il faisait allusion. Freddie se tenait au milieu de la pièce, les cheveux hérissés sur le crâne comme s'il y avait passé ses mains des centaines de fois. Autour de lui, le plancher était jonché de documents.

— Je ne le retrouve pas.

— Quoi donc ?

Luke, qui était si déçu par son ami lors de leurs précédents échanges, semblait avoir repris son ton habituel. Était-ce un stratagème pour mettre Freddie à l'aise ou avait-il véritablement de la peine pour lui ? Je n'aurais pas su le dire.

— L'acte de naissance, répondit-il distraitement sans cesser de fouiller les tiroirs de son bureau – qu'il semblait pourtant avoir déjà inspecté plusieurs fois.

— Celui de Janet ? interrogea Luke, la voix plus froide.

— Bien sûr, quelle question !

— Il était rangé là ?

— Évidemment, confirma Freddie, agacé. Où veux-tu que je le mette si ce n'est dans mon bureau, avec le reste de nos papiers de famille ?

— Est-ce qu'Helen savait qu'il était là ?

— Je n'en sais rien, répondit-il sèchement. Cette fille avait la tête dans les nuages. Va savoir ce qu'elle était capable de remarquer.

— Tu permets que je te pose une question personnelle ?

Freddie arqua un sourcil.

— Et si je refuse, qu'est-ce que ça changera ? Tu me la poseras d'une façon ou d'une autre.

— Un soir, la semaine dernière, quelqu'un t'a entendu insulter Helen de manière très grossière. Tu lui aurais dit qu'elle faisait honte à votre famille et que tu avais hâte de la voir quitter le village.

Les yeux rivés sur le désordre qui jonchait le sol, Freddie se laissa tomber à genoux.

— C'est vrai. Je lui ai bien dit ça... Oh, que Dieu me garde !

— Quelle mouche t'a piqué ?

— Tu n'imagines pas la pression sous laquelle j'étais. Doris et moi avions peur qu'Helen ait vraiment l'intention de nous enlever Janet en quittant le village, cette fois.

— Je ne comprends pas en quoi ça explique ta méchanceté envers elle ni pourquoi tu cherches l'acte de naissance de Janet.

— Parce que je l'ai caché ! s'emporta Freddie. Je pensais que sans lui, elle ne pourrait pas nous prendre la petite. Tout ce que je souhaitais, c'était qu'elle s'en aille !

— Dites-moi, Freddie, intervins-je, Helen est-elle rentrée à Winteringham dans le but de récupérer son bébé ? L'autre fois, vous nous avez laissés penser qu'elle était revenue parce qu'elle n'avait plus un sou.

Le pasteur me lança un regard empli de haine.

— Vous ne pouvez pas comprendre.

— Non, c'est vrai que je n'ai pas d'enfant, répondis-je, calme. Mais j'ai une chienne que j'aime énormément. Si quelqu'un essayait de me la prendre, je ferais certainement tout ce qui est en mon pouvoir pour l'en empêcher.

Il esquissa un rictus méprisant.

— On ne peut pas comparer un chien à un enfant. Mais pourquoi ne pas lancer vos accusations de but en blanc, madame Miller ? Vous me soupçonnez d'avoir tué Helen pour que ma femme et moi puissions garder Janet, n'est-ce pas ?

— Est-ce que c'est la vérité ? questionna Luke à mi-voix. As-tu tué ta nièce ?

— Je n'ai pas à vous rendre de comptes !

— Non, en effet, admit Luke. Mais tu vas devoir répondre de tes actes devant une instance supérieure. Et je te garantis que tu vas payer pour la façon dont tu as traité cette pauvre jeune fille, que tu l'aies tuée ou non.

Freddie se prit la tête dans les mains.

— Je sais que j'ai mal agi. Mais tout ce que j'ai fait, c'était pour le bien de Janet.

— Non, riposta mon ami avec une telle hargne que ce simple mot résonna dans la pièce tel un coup de feu. Pas une seule seconde tu n'as pensé au bien de cette enfant. Tout ce qui comptait à tes yeux, c'était ce que vous souhaitiez, Doris et toi.

— Helen était incapable de s'en occuper.

— En tant que tuteur et chrétien, il était de ton devoir de l'aider. Avec ton soutien et celui de Doris, elle aurait pu élever sa fille.

— Elle n'en voulait pas. Elle l'a abandonnée en quittant Winteringham.

— C'est toi qui l'as payée pour qu'elle disparaisse ! gronda Luke avant de se détourner. Pas une seule fois tu n'as proposé de l'aider d'une autre manière. Elle n'avait pas le choix.

— Si elle était partie quand je le lui ai demandé, rien de tout ça ne serait arrivé.

Bien qu'étouffée, la voix de Freddie restait distincte. Une fois de plus, les adultes dans l'entourage d'Helen rejetaient la faute sur elle. Aucun d'eux ne semblait prêt à assumer ses responsabilités. Pas étonnant que cette pauvre jeune fille n'ait eu aucune envie de rester à Winteringham.

Luke, qui s'était raidi en entendant les paroles de Freddie, se détendit peu à peu au prix de grands efforts.

— Quand lui as-tu donné de l'argent ?

— Hier matin.

— Tu nous as pourtant dit que tu n'avais plus un sou en poche, que tu avais tout remis à Helen pour qu'elle parte après l'accouchement. Comment t'es-tu procuré ce que tu lui as donné hier ?

— Je ne peux pas te le dire.

— Frederick Butler ! s'emporta Luke. Cesse de pleurnicher comme un bébé et dis-moi la vérité immédiatement !

J'étais abasourdie. Même s'il n'y avait que quelques mois que nous nous connaissions, je ne me doutais pas qu'il y ait en lui une colère si profonde. Au fond, j'aurais dû m'y attendre : il s'était toujours montré droit et sensible. Évidemment qu'il se sentait révolté face au traitement injuste qu'avait subi Helen.

Freddie leva son visage mouillé de larmes.

— J'ai dit à Mme Davies que j'allais mettre une partie des recettes de la foire à l'abri chez nous.

J'étouffai un hoquet de stupeur.

— Et la voilà morte à son tour ! Étranglée dans le pré à côté de votre jardin.

— Si je comprends bien, reprit Luke, tu as volé les bénéfices de la vente des entrées ?

Moi qui croyais qu'il ne pouvait pas paraître plus déçu par son ami, je m'étais trompée.

— Arrête, je t'en supplie ! geignit Freddie. Tu ne vois donc pas comme j'ai honte ? Inutile de me faire passer pour un criminel, je m'en veux déjà suffisamment.

— Pourtant, c'est ce que tu es, rétorqua Luke. Et tout le monde le saura quand Mlle Raynor fera le compte et s'apercevra qu'il manque de l'argent. À quel moment l'as-tu transmis à Helen ?

— À la foire, répondit-il, morose. Elle l'a fourré dans son sac avant de filer, ravie.

Je lui aurais volontiers rappelé que sa satisfaction avait été de courte durée. Peu après, on l'avait assassinée et son sac à main, ainsi que l'argent qu'elle avait reçu de plusieurs personnes, s'était évaporé – sans doute dérobé par son meurtrier.

— Je suppose que tu n'as rien dit de tout ça à la police ? demanda Luke.

— Bien sûr que non. J'aurais eu l'air coupable, admit Freddie avant de lancer à son ami un regard implorant. Tu ne vas pas le leur dire, n'est-ce pas, mon vieux ?

— Non, répondit-il, résolu. Mais toi, si.

— Je ne peux pas…

— Si, et tu n'as pas le choix. Martha et moi allons interroger Doris, maintenant. Je te laisse quinze minutes, annonça-t-il avant de consulter sa montre. Ensuite, on reviendra s'assurer que tu racontes tout ce que tu sais à la police. Je te conseille d'en profiter pour avoir une petite conversation avec notre Seigneur et assumer tes actes, si tu y arrives.

*

Nous laissâmes Freddie sur le plancher de son bureau pour rejoindre le séjour, à droite de la cuisine. Comme nous nous y attendions, Doris s'y trouvait, assise dans un fauteuil à bascule, le bébé assoupi dans les bras.

Elle agitait son siège en rythme en poussant le sol du bout du pied.

Lorsqu'elle nous vit dans l'encadrement de la porte, elle porta l'index à ses lèvres pour nous prévenir de ne pas faire de bruit.

— Elle vient de s'endormir, chuchota-t-elle avant de regarder sa montre. Il lui faut au moins une heure de sommeil. Je ne veux pas qu'elle se réveille avant. Quoi que vous ayez à me dire, dites-le. Ensuite, laissez-nous tranquilles.

Je m'assis dans le fauteuil face à elle et Luke se posta derrière moi.

— Vous saviez que l'acte de naissance de Janet avait disparu ?

Elle me considéra d'un regard las.

— Évidemment. Mon mari me dit tout.

— Et vous avez déjà vu le document ?

Elle sembla hésiter.

— Eh bien… Non, je ne l'ai pas vu. Mais Helen et mon mari m'ont dit ce qu'il contenait.

— Et quelles sont les informations qui y figurent, madame Butler ? insistai-je.

— Helen y est indiquée comme étant la mère de Janet et Freddie, le père. Et son nom complet est Janet Doris Butler.

— Si c'est le cas, repris-je en ordonnant mes pensées au fur et à mesure, pourquoi votre mari le cherche-t-il d'arrache-pied ?

— Ça me paraît évident et je suis sûre que nous en avons déjà parlé. Si jamais quelqu'un se présente pour réclamer la garde de Janet, cet acte de naissance prouve que nous sommes ses parents, ou du moins, que l'un de nous l'est. On ne retire pas un enfant à son père.

— Justement, personne ne s'est manifesté. Ça n'explique donc pas que Freddie mette votre maison sens dessus dessous pour retrouver ce papier.

— Vous comprendriez si vous étiez mère, vous aussi.

Je commençais à me lasser de ce discours. Je n'avais pas besoin qu'on me répète que je n'avais pas d'enfant – j'en étais bien consciente. Mes bonnes manières me retinrent de lui signaler qu'elle non plus n'était pas mère à proprement parler – pas au sens biologique du terme, du moins.

Elle jeta un regard au bébé endormi.

— On préfère se préparer à toutes les éventualités. Et comment se préparer si nous n'avons pas le document qui prouve que Freddie est le père de Janet ?

— Sauf qu'il ne l'est pas pour de vrai, objecta Luke.

— Non, bien sûr, mais aux yeux de la loi, si.

— C'est mal, ce que vous faites, poursuivit-il. Ça s'appelle de la falsification et il existe sûrement une loi qui la condamne. La police va peut-être devoir solliciter l'officier d'état civil du comté. Est-ce que Freddie est prêt à aller en prison pour revendiquer la garde de Janet ?

La maîtresse de maison plissa les yeux et serra le bébé contre elle.

— Tu ne nous dénoncerais pas. Tu es son ami, son meilleur ami depuis toujours.

— Dans ce cas, qui prend la défense d'Helen ? Qui s'exprime au nom de cette pauvre jeune fille qu'on a cruellement assassinée ?

— Je ne sais pas, marmonna Doris. Mais ce n'est pas à toi de le faire. Tu devrais être de notre côté.

— Je le serais si ce n'était pas contraire à mes principes, rétorqua-t-il, les yeux embués par l'amertume. Au début, j'ai cru que vous rendiez service à Helen en adoptant sa fille, que vous vouliez lui permettre de reprendre le cours de sa vie sans subir la honte d'avoir un enfant illégitime. Mais je me suis vite aperçu que vous n'avez rien fait dans l'intérêt d'Helen, ni même de Janet. Tout ce que vous avez fait, vous l'avez fait pour vous, parce que vous souhaitiez absolument un enfant, comme tu l'as dit. Quand votre nièce est tombée enceinte, vous avez saisi votre chance.

— Oui, admit-elle à mi-voix. C'est vrai. Mais je ne vois toujours pas le mal. Freddie et moi ne pouvions pas avoir d'enfant. On est mariés et il y a si longtemps qu'on désirait devenir parents… Quand Janet est arrivée, c'était comme si Dieu lui-même l'avait placée dans nos vies.

— Et Helen, souhaitait-elle la garde de sa fille ?

— Elle n'aurait jamais pu l'élever, affirma Doris, comme si ma question était absurde. Ce n'était qu'une adolescente célibataire. Elle n'avait pas un sou et aucun toit excepté celui qu'on lui a offert.

— Pourquoi ne pas lui avoir laissé une chance ? insista Luke. Tous les hommes d'Église que je connais ont rencontré des jeunes filles dans sa situation. En tant que pasteurs, c'est à nous de les aider, elles et leurs familles. Après tout, elles ne se sont pas retrouvées dans cette posture toutes seules, si ?

Doris pinça les lèvres.

— Là, tu dépasses les bornes. Comment oses-tu me faire la leçon ?

— Je me contente de souligner le fait qu'Helen n'est pas tombée enceinte toute seule, répondit-il, calme. Si l'autre parent n'a pas voulu ou pas pu, en raison de sa propre situation, assumer la charge d'Helen et de sa fille, c'est à la communauté qu'il revient de veiller sur elles.

— On ne peut pas attendre de bons chrétiens qu'ils prennent soin d'un enfant illégitime. Ce n'est pas correct.

— La Bible nous dissuade-t-elle d'aimer notre prochain, quelle que soit sa situation ? Jésus a-t-il repoussé certains pécheurs parce que leurs fautes lui étaient intolérables ? questionna Luke avant de lever les mains en l'air. Non. Il aimait tout le monde, au mépris des offenses de chacun.

— C'est facile à dire pour toi. Ce n'est pas ta nièce qui a couvert ta famille de honte.

— J'aime à penser qu'à votre place, j'aurais eu une réaction plus digne d'un chrétien que la vôtre.

— On s'imagine tous qu'on se comporterait d'une certaine manière, jusqu'au jour où un vrai dilemme se présente, se défendit Doris. On se retrouve parfois contraints de faire des choix que les autres désapprouvent.

— Avec les informations dont tu disposes maintenant, agirais-tu autrement si tu en avais l'occasion ?

Elle contempla le bébé assoupi dans ses bras.

— Non. Je ne renoncerais à Janet pour rien au monde. Rien.

Il me semblait que nous n'avions plus de questions à lui poser.

— Merci de nous avoir répondu, dit Luke, manifestement du même avis. On ne va pas s'attarder davantage.

Je le suivis dans le couloir. Il s'interrompit sur le seuil du bureau et interrogea son ami du regard.

— Je ne suis pas prêt. Tu m'as dit de prier. Je l'ai fait et j'attends encore que notre Seigneur m'adresse un signe, qu'il me dise quoi faire.

— Je vais t'accompagner, lui assura Luke, l'air implorant. Même si je n'approuve pas ce que tu as fait, je te soutiendrai autant que possible. C'est ce que font les amis.

— Ah, Luke ! ironisa Freddie, à bout de patience. Toujours bon prince, toujours à faire ce qu'il faut et à souligner les failles des autres. Ça ne t'arrive donc jamais d'échouer ? De commettre une erreur ? De regretter d'être condamné à toujours faire le bon choix ?

L'intéressé se tourna ouvertement vers moi.

— Si, chaque jour. Mais les vœux que j'ai prononcés comptent pour moi. Autant que les choses que je désire et qui sont hors de ma portée.

En m'approchant de la porte d'entrée, j'essuyai furtivement mes paumes sur la jupe de ma robe de rayonne bleu marine. Les doigts tremblants, je tendis la main vers la poignée de cuivre

Avais-je bien compris les sous-entendus de Luke ? J'avais beau l'espérer de tout cœur, il me semblait inimaginable qu'il puisse être attiré par une femme aussi ordinaire que moi. Pourtant, c'est ce que ses paroles insinuaient.

Je pris une brève inspiration que je relâchai lentement, je redressai les épaules et j'ouvris la porte. Nous abordions le dénouement tragique d'une enquête criminelle. Ce n'était pas le moment d'évoquer des sentiments qui n'aboutiraient jamais. Tant que j'étais mariée, notre attirance mutuelle ne pourrait pas s'épanouir. Luke semblait en être aussi conscient que moi. Même si je trouvais le cran de divorcer de Stan, comme Mme Burnett m'y encourageait presque chaque jour, je resterais intouchable. Malgré les progrès de l'après-guerre, le mariage entre pasteurs et femmes divorcées demeurait proscrit.

C'est beau de rêver, mais mieux vaut ne pas se bercer d'illusions. Cela ne conduit qu'au malheur et, malgré le poids de la disparition de mon mari qui pesait sur mes épaules, je m'efforçais de mener une vie heureuse.

*

— Direction le cabinet médical ?

— Oui, confirmai-je. Si M. Reynolds n'y est pas, sa femme acceptera peut-être de nous parler.

Ce n'était pas la conversation la plus palpitante qui soit, mais, après le petit discours de Luke au presbytère, mieux valait nous concentrer sur le déroulement de notre enquête et reporter toute discussion riche en émotions.

J'avais peu d'espoir. La dernière fois que nous avions tenté de nous entretenir avec son mari, Vera Reynolds ne s'était pas montrée très obligeante. Depuis le sentier, nous la vîmes fermer le cabinet le temps du déjeuner. Elle braqua sur moi un regard méfiant.

— Je vous ai dit de ne pas compter sur moi pour vous révéler quoi que ce soit. Quant à mon mari, il ne vous dira rien non plus. Il risquerait de mettre sa réputation en péril. Un médecin digne de ce nom ne dévoile pas l'intimité de ses patients au premier curieux venu. Je ne sais pas dans quelle langue je dois vous le dire.

— Un instant, madame Reynolds. Quand Mlle Raynor vous a hélée pendant la foire avec son porte-voix, vous vous êtes aussitôt demandé s'il était arrivé quelque chose à Harold. Pourquoi ?

— C'est évident, voyons. N'importe qui se serait inquiété pour son mari dans une situation pareille.

— Pardonnez l'impertinence de ma question, mais comment se porte le docteur Reynolds, ces derniers temps ?

— Comme un charme, merci, rétorqua-t-elle sèchement. Enfin, jusqu'à ce qu'il doive examiner cette pauvre fille. Face à un cadavre, n'importe qui se sentirait mal, vous ne pensez pas ?

— Pourtant, il est médecin, arguai-je. Il en a forcément vu d'autres.

— Pas ceux de jeunes filles brutalement assassinées.

Elle n'avait pas tout à fait tort sur ce point. Dans des petits villages comme celui-ci, les victimes de meurtre devaient se faire rares.

— Je suppose qu'Helen était une patiente régulière au cabinet, avançai-je.

— Vous ne m'aurez pas comme ça, madame Miller. Maintenant, si vous voulez bien, j'ai à faire avant que les consultations reprennent.

Elle tira la porte vers elle comme pour nous empêcher d'entrer.

— Mme Butler m'a confié que, pendant sa grossesse, Helen l'a accompagnée à chacun de ses rendez-vous. Ça ne ressemble pas du tout à la jeune fille qu'on nous a décrite.

— Où voulez-vous en venir ?

Je me creusai les méninges un instant, n'étant pas sûre moi-même de ce que j'insinuais.

— C'est ce qu'aurait fait une nièce attentionnée, pas l'adolescente rebelle qu'on nous a décrite.

Luke ôta son chapeau et se pencha légèrement en avant – une attitude qu'il adoptait souvent lorsqu'il espérait convaincre les gens de se livrer à lui.

— Vous nous rendriez un immense service si vous acceptiez de nous faire part de vos impressions sur Helen, intervint-il. C'est votre pasteur qui nous a demandé d'élucider ce meurtre. Nous sommes de très vieux amis, comme vous le savez peut-être. Tous les renseignements que vous pourrez nous fournir sur le véritable caractère d'Helen nous seraient d'une grande utilité. Je ne parle pas de commérages, bien entendu, mais de votre ressenti la concernant.

— Bon, eh bien… Puisqu'il n'est pas question d'informations médicales, je n'y vois pas d'objection, acquiesça-t-elle avant d'entrouvrir la porte. Entrez. J'ai vraiment à faire en préparation des rendez-vous de cet après-midi, mais je peux vous consacrer une minute ou deux.

Luke la gratifia de son sourire le plus affable. Je refoulai la pointe de jalousie qui me transperçait le ventre chaque fois qu'il accordait la moindre attention à une autre femme.

— Merci, vous êtes très aimable. Je vous promets qu'on ne vous retiendra pas longtemps.

— Elle m'a toujours paru charmante. Et triste, à vrai dire, confia Vera avant de s'asseoir au bureau du secrétariat.

Encore une personne aux yeux de qui Helen était une jeune fille tout à fait convenable – à des lieues de l'adolescente colérique et incontrôlable qu'on nous avait dépeinte.

— Elle était polie et, comme vous l'avez dit, elle accompagnait sa tante à tous ses rendez-vous, poursuivit-elle. La plupart des jeunes filles de son âge ne s'en seraient pas donné la peine. Elles sont souvent trop occupées à se regarder le nombril.

— Est-ce que vous l'avez beaucoup vue depuis son retour à Winteringham ?

Luke s'installa sur une chaise normalement réservée aux patients et je m'assis à ses côtés. Les mains jointes sur les genoux, je m'efforçai de me faire aussi discrète que possible. Puisque Mme Reynolds semblait disposée à répondre aux questions du pasteur, je préférais ne pas m'immiscer dans leur échange, de peur qu'elle se renferme.

— Non, pas spécialement. Je l'ai croisée au village, bien sûr, et je l'ai aperçue une ou deux fois avec l'assistant du boucher. Helen était très belle. Kenneth est un charmant garçon, mais je n'aurais pas pensé qu'il soit son type.

— On ne la connaissait pas du tout, malheureusement. On ne l'a rencontrée qu'une fois, la veille de sa disparition. Quel aurait été son type, selon vous ?

— À mes yeux, elle avait tout pour réussir. Elle n'était pas de Winteringham et je crois qu'elle avait hâte de quitter le village pour assouvir ses ambitions. Kenneth est d'ici, lui, et il y restera sans doute jusqu'à sa mort.

Son expression se ferma et elle battit des paupières à toute allure.

— Je n'aurais jamais pensé qu'Helen mourrait ici, en revanche, ajouta-t-elle. Ce ne serait d'ailleurs pas arrivé si on ne l'avait pas assassinée.

— Où serait-elle partie, d'après vous ?

— Oh, dans une grande ville. Londres, sans doute. Et elle aurait épousé un banquier, un avocat ou un homme important. Elle était maligne.

— Vraiment ? demanda Luke. Comment le savez-vous ? Personne d'autre ne l'a décrite comme particulièrement intelligente.

— Je ne fais que répéter ce que m'a dit mon amie Mavis.

— Mavis ?

— Oh, j'oubliais que vous n'êtes pas d'ici non plus, admit-elle avant de se racler la gorge. C'est l'institutrice. Elle disait d'Helen qu'elle était « brillante », bien élevée. J'entends souvent parler de ceux qui ne le sont pas – comme les garçons des Lodge. De vrais petits diables, ceux-là !

— Savez-vous si Helen avait un emploi ?

— Helen ? Enfin, révérend, vous savez bien que les offres ne courent pas les rues pour les jeunes gens, dans un petit village comme le nôtre. C'est pour ça que je l'imaginais déménager dans une grande ville, se marier. C'est ce que font les jolies jeunes filles, n'est-ce pas ? Les moins gâtées par la nature restent à la maison pour aider leur mère.

Je refoulai mon malaise. Je n'avais pas eu la chance de faire partie des jolies jeunes filles. Dès que ma mère ne m'avait plus jugée d'aucune utilité, elle m'avait envoyée travailler et je n'avais pas rencontré et épousé Stan avant mes vingt-cinq ans. À mon sens, les femmes, belles ou non, devraient pouvoir faire de leur vie ce qu'il leur plaît. Un jour, la pensée moderne rejoindrait peut-être la mienne.

Je voulais savoir si les affaires étaient bonnes – si d'importantes sommes d'argent n'avaient pas disparu, notamment. Le médecin avait avoué en avoir donné à Helen, mais combien exactement et dans quel laps de temps ? Telle était la question. Par ailleurs, il aurait tout à fait pu nous mentir pour nous induire en erreur – les coupables n'étaient pas réputés pour leur honnêteté.

Mme Reynolds gérait-elle la comptabilité du cabinet de son époux, ou confiaient-ils la tâche à quelqu'un d'autre ? J'aurais voulu trouver un moyen de poser mes questions, mais, tant qu'elle se livrait librement à Luke, je préférais m'en abstenir.

— Est-ce que je peux vous poser une question qui risque de vous paraître impertinente ? demanda-t-il.

— Vous êtes pasteur. Je doute que vous puissiez me dire quoi que ce soit de déplacé. Allez-y, je vous écoute.

— Diriez-vous que M. Reynolds et vous formez un couple heureux ?

La mâchoire serrée, Vera baissa les yeux sur son bureau, manifestement déstabilisée par ce brusque changement de sujet.

— En effet, c'est un peu indiscret, mais je vais vous répondre sans problème. Harold et moi sommes très heureux. On a deux beaux enfants et je suis ravie de pouvoir affirmer qu'on s'est mariés par amour et non par contrainte ou simplement parce qu'on en avait l'âge. On a eu la chance de rester dévoués l'un à l'autre tout au long de notre relation.

— Merci, madame Reynolds.

Une pensée sembla lui venir à l'esprit. Elle leva brusquement les yeux et braqua sur Luke un regard farouche.

— Je croyais qu'il était question de Mlle Kennedy. Pourquoi m'avez-vous interrogée sur mon couple ?

— Je m'explique, glissa Luke avec aisance. Je sais par expérience qu'il arrive aux jeunes filles qui grandissent sans père de s'attacher aux hommes plus âgés. Je me demandais si votre mari avait pu faire l'objet de l'admiration d'Helen et s'il vous en avait parlé.

— Si cette jeune fille nourrissait de quelconques sentiments pour lui, je peux vous assurer qu'ils n'étaient pas réciproques, affirma-t-elle, sévère.

— Pardonnez-moi de vous avoir offensée, ce n'était pas mon intention. Je ne me permettrais pas d'insinuer que votre mari a pu avoir un comportement déplacé à l'égard de sa patiente. Il est simplement possible qu'elle ait éprouvé une certaine attirance à son égard.

— Ce serait absurde, riposta-t-elle. Insensé. Helen n'était encore qu'une enfant !

Je me levai de ma chaise.

— Merci d'avoir accepté de nous parler à son sujet, c'était très aimable à vous. On vous a dérangée assez longtemps.

— Oui, merci de nous avoir reçus.

Luke la salua d'un signe de tête auquel elle répondit par le sourire pincé qu'adressent généralement les gens lorsqu'ils sont contraints de se montrer polis.

Quand la porte se ferma derrière nous, Luke coiffa de nouveau son chapeau.

— Quelque chose me dit que je ne suis pas son pasteur préféré.

— Vous pensez qu'elle mentait ?

— Non, je crois qu'elle a été honnête. En ce qui la concerne, en tout cas. Elle semble très heureuse avec son mari.

— Je le pense aussi. S'il s'était passé quoi que ce soit entre Helen et le médecin, Vera n'en savait rien. Elle n'aurait jamais accepté de nous parler d'elle si elle avait eu le moindre doute.

Luke poussa le portail au bout de l'allée.

— C’est aussi ce que je me suis dit. D’ailleurs, elle s’est montrée plutôt élogieuse au sujet d’Helen. Je suppose qu’il va falloir interroger le médecin à nouveau. Soit il dit vrai et Helen le faisait réellement chanter, soit c’est lui qui achetait son silence parce qu’il avait autre chose à cacher.

Il n’y avait qu’un moyen de découvrir la vérité : nous entretenir de nouveau avec le principal intéressé.

11

De retour au centre du village, nous nous arrêtâmes devant la boucherie. Ada et Maud se tenaient devant la porte du pub, leurs bagages à la main.

— Alors, ça y est, vous rentrez ? s'enquit Luke tandis que nous traversions la route.

Maud brandit un paquet enveloppé de papier brun et noué par une ficelle.

— On vient de récupérer notre lapin chez le boucher et on va rentrer préparer une bonne tourte. Quel dommage qu'on ne puisse pas rester plus longtemps que vous nous révéliez l'identité du meurtrier !

— Régalez-vous, mesdames, leur glissai-je.

— Si vous cherchez la femme du patron, vous la trouverez dans la cour à étendre du linge, nous informa Maud avec son habituel sourire mutin.

— Merci pour l'information, madame Burnett.

— Faites bon voyage ! lança Luke alors que nous empruntions la ruelle qui menait à l'arrière du pub.

— Et bonne chance pour votre enquête ! répondit Maud.

Au son de nos pas sur les pavés de sa cour, Mme Williams fit volte-face.

— Tiens, vous revoilà. Vos voisines viennent de partir et votre ami l'inspecteur est sorti mener son enquête.

— En fait, c'est à vous qu'on souhaitait parler, admis-je.

— Vraiment ? fit-elle d'un ton sec. Vous m'étonnez.

Luke ôta son chapeau.

— Je regrette d'avoir à vous l'annoncer, mais un témoin a vu votre mari parler à Mlle Kennedy le jour de sa mort.

Elle lui jeta un regard noir.

— On peut dire que vous ne tournez pas autour du pot, révérend. Je crois vous avoir dit la dernière fois que si j'avais surpris mon mari en train de parler à cette fille, ne serait-ce que pour la saluer, je l'aurais tué.

— Lui, mais pas elle ? m'étonnai-je.

— Parfaitement. C'est à lui que je suis mariée. Elle ne représente rien pour moi.

Pour une fois, je sentis qu'elle luttait pour se maîtriser. J'étais sûre d'avoir vu sa lèvre trembler lorsqu'elle s'était trompée en parlant d'Helen au présent. Était-ce le témoignage d'un chagrin sincère ? Après tout, une jeune fille avait perdu la vie. À moins que ce ne soit elle qui la lui ait ôtée… Elle nous tourna le dos et prit un drap dans le panier à ses pieds pour le déployer sur le fil.

Winifred Williams et moi partagions la même technique pour étendre le linge : elle ajusta le tissu de façon à le suspendre uniformément de part et d'autre de la corde.

— Avez-vous eu des raisons de parler d'Helen à votre mari depuis son retour au village ?

— Si c'était le cas, je n'aurais aucun intérêt à vous le dire. Si vous croyez qu'il vous suffit de venir m'interroger pour que je trahisse mon mari, vous vous fourrez le doigt dans l'œil.

— Même après ce qu'il vous a fait ?

Je n'avais pas pu m'empêcher de poser la question. Il l'avait trahie de la pire manière possible et, malgré tout, elle refusait de révéler quoi que ce soit qui risque de l'incriminer.

— Je vous rappelle qu'on a six enfants et une affaire à tenir. Robert a commis une erreur, c'est derrière nous. Désormais, on va de l'avant pour élever nos enfants ensemble. C'est ce que font les couples mariés – les honnêtes gens, du moins.

Savait-elle que mon mari avait renoncé à notre mariage pour m'abandonner ? La honte que j'éprouvais chaque fois que je pensais à Stan ne tarissait pas. J'avais beau me creuser la tête, je ne voyais toujours pas ce que j'avais pu faire de mal. Pourtant, c'était moi qui subissais le jugement des autres. À ma connaissance, lui s'en était sorti impunément – ce qui semblait être le cas de nombreux hommes.

Après tout, qu'avaient perdu ceux qui avaient connu Helen ? La femme de Robert Williams l'avait soutenu, celle de Harold Reynolds ne savait même qu'il avait entretenu des rapports avec elle et Freddie et Doris avaient toujours leur enfant tant désirée.

— Et vous, madame Williams, avez-vous vu Helen le jour de sa mort ?

— Les jours précédents, je l'ai vue aller et venir dans la ruelle près de la boucherie une ou deux fois. J'ai cru comprendre que Kenneth et elle avaient entamé une relation.

— Est-ce que ça vous a surprise ?

— Que deux jeunes gens se rapprochent ? ironisa-t-elle en étendant un nouveau drap. Bien sûr que non. C'est ce qu'ils font tous, non ?

— D'autres nous ont confié qu'ils les trouvaient plutôt mal assortis.

Elle me tournait le dos, mais j'étais presque certaine qu'elle pinçait fermement les lèvres et affichait une expression réprobatrice.

— Les jeunes filles dans son genre ne peuvent pas se permettre de faire les difficiles.

— Je comprends ce que vous insinuez, mais vous avez dit que l'amitié qu'elle entretenait avec votre mari était restée secrète. Dans ce cas, personne n'aurait pu savoir quel « genre » de jeune fille elle était.

— N'essayez pas de me piéger comme ça. Je dis simplement qu'Helen savait qu'elle était souillée.

Puisqu'elle ne pouvait pas avoir mon Robert, elle s'est sans doute contentée de Kenneth. Pour d'évidentes raisons, sa mort ne m'attriste pas plus que ça, déclara-t-elle avant de ramasser le panier, désormais vide. En revanche, c'est à mon mari que je réserve ma colère et mes reproches. Si vous êtes venus me demander si c'est moi qui ai tué cette fille, je peux vous dire que non. Elle était jeune et elle a manqué de discernement, voilà tout. Maintenant, si vous permettez, j'ai à faire.

Lorsqu'elle se retourna vers nous, elle avait la mine écarlate. J'avais de la peine pour elle. Malgré son caractère bourru et détaché, ses doigts tremblaient sur le panier à linge et elle semblait pressée de s'échapper avant de fondre en larmes.

— Oui, bien sûr. Merci de nous avoir accordé votre temps.

Elle avait atteint la porte de service du pub lorsqu'elle se figea pour ajouter :

— Je suppose que vous aimeriez poser de nouvelles questions à mon mari. Voulez-vous que je lui dise de vous rejoindre ici ?

Je clignai des yeux, stupéfaite.

— Ce serait très aimable à vous.

— Merci, renchérit Luke.

Il lui adressa un sourire reconnaissant, auquel elle répondit par un bref hochement de tête.

— Alors, qu'en dites-vous ? demandai-je lorsqu'elle fut rentrée dans la taverne.

— C'est une dure à cuire. Elle me plaît bien. Je crois qu'elle est sincère, comme Mme Reynolds.

— À vos yeux, tout le monde l'est.

Mon ami fit la grimace.

— Si seulement c'était vrai… Il y a une personne que je soupçonne de nous avoir menti tout au long de notre enquête. C'est Freddie.

Nous étions plongés dans un silence songeur lorsque M. Williams sortit dans la cour, la mine rouge et luisante de sueur. Il s'essuya le front d'un mouchoir.

— Je travaillais dans la cave, expliqua-t-il avant de partir d'un rire jaune. On pourrait croire qu'il y fait frais, mais c'est une foutue fournaise. Pardon, mon révérend.

D'un geste de la main, Luke signifia qu'il ne se formalisait pas de ce juron. Il en avait certainement entendu de bien pires au cours de son séjour dans l'armée.

— Merci de prendre le temps de discuter avec nous.

— J'allais faire une pause quand Winifred m'a dit que vous vouliez me voir.

Il baissa la tête à la manière d'un écolier surpris en train d'échanger des messes basses avec son voisin.

— Monsieur Williams, commençai-je d'un ton ferme. Ce n'est plus l'heure de faire des cachotteries, vous en convenez sûrement. Quelqu'un, que ce soit nous ou la police, va finir par découvrir qui a tué Helen Kennedy et, le moment venu, ceux qui ont menti ou omis d'importants détails seront vus d'un très mauvais œil. Vous comprenez, n'est-ce pas ?

— Bien sûr, répondit-il d'un ton abrupt. Est-ce que vous m'accusez d'avoir menti ?

— Non, pas du tout, assura Luke. Ce n'est pas notre rôle. On mène seulement l'enquête parce que mon ami, le pasteur de votre village, nous a demandé de trouver l'assassin de sa nièce.

Robert s'esclaffa de nouveau. Son rire, bien que grinçant et vaguement réprobateur, contenait cette fois une pointe d'amusement.

— Cet homme que vous appelez votre ami se fichait éperdument de cette gamine.

Lorsqu'il prit conscience du terme qu'il avait employé pour évoquer la jeune fille avec qui il entretenait une liaison intime, son visage s'empourpra. Luke haussa un sourcil.

— Pourquoi dites-vous ça ? Freddie et Doris ont accueilli Helen chez eux pendant la guerre, pour qu'elle soit en sécurité. Ils ont veillé sur elle et l'ont aimée comme leur propre fille.

— C'est là que vous vous trompez, révérend. D'accord, ils ont pris soin d'elle, mais ils n'ont jamais eu le moindre geste tendre.

— Est-ce qu'elle vous en a parlé ?

Il inspira profondément.

— Souvent, oui. Je crois même que c'est pour ça qu'elle s'est rapprochée de moi. Ce n'était pas spécialement de moi qu'elle avait besoin, mais d'une figure similaire, vous comprenez ? De quelqu'un qui lui donnerait un peu d'affection.

— Qui l'aimerait, ajoutai-je à mi-voix.

Il ferma la porte de service et s'avança dans la cour.

— Oui. Et j'ai appris à l'aimer.

Comment un couple qui n'avait jamais partagé qu'une poignée d'instants volés avait-il pu développer des sentiments si forts ? J'avais peine à me l'imaginer, mais, après tout, je n'étais pas spécialiste en la matière. Stan et moi avions multiplié les rendez-vous avant qu'il ne me demande en mariage. Notre relation était tout à fait conventionnelle. Néanmoins, pouvais-je réellement affirmer que je l'aimais ? Notre vie nous convenait et je crois que nous tenions l'un à l'autre. Mais, même dans nos moments les plus heureux, nous n'aurions sans doute pas décrit nos sentiments comme de l'amour.

— Et votre femme ?

— Je l'aime aussi. Parfois, j'ai l'impression de l'avoir aimée toute ma vie. C'est une épouse et une mère formidable et elle tient l'auberge comme une cheffe.

Son sourire se changea en grimace.

— Mais il y a vingt-quatre ans qu'on est mariés, poursuivit-il. On n'a plus rien à apprendre l'un de l'autre. Je crois que c'est en partie pour ça que je suis tombé sous le charme d'Helen – en plus du fait qu'elle était superbe, bien sûr. Avec elle, tout était nouveau et palpitant. Sortir en douce pour la retrouver me permettait de supporter l'ennui du quotidien, admit-il en levant vers nous des yeux emplis de larmes. Je n'ai pas réfléchi aux conséquences de mes actes. Je ne m'attendais pas à ce que ma femme soit aussi touchée.

— Comment a-t-elle découvert votre liaison ? m'enquis-je d'une voix douce.

— Je ne sais pas ce qui lui a mis la puce à l'oreille. Un jour, elle m'a simplement demandé si je voyais une autre femme et j'ai avoué. Je ne pouvais pas lui mentir – Winnie me connaît trop bien. Si vous aviez vu son visage ! Je m'en souviendrai jusqu'à ma mort. C'est moi qui lui ai causé cette souffrance. Mon égoïsme aurait pu détruire ma famille, mais j'ai eu de la chance. Winifred m'a pardonné et nous continuons à vivre comme si rien n'était arrivé.

— Elle nous a confié qu'elle vous aurait tué si elle vous avait soupçonné d'avoir recontacté Helen.

Cette fois-ci, il pouffa pour de bon – une drôle de réaction compte tenu du contexte.

— Je la crois sur parole ! Pourrait-on vraiment lui jeter la pierre si elle passait à l'acte ? Elle est très fière et elle ne tolérerait sûrement pas une seconde humiliation.

Luke s'avança d'un pas vers le patron du pub.

— Pourtant, vous l'avez fait – vous avez reparlé à Helen. Quelqu'un vous a aperçus ensemble le matin de sa mort.

Robert s'essuya de nouveau le front à l'aide de son mouchoir.

— Vous n'allez pas le répéter à tout le monde, si ?

Le pasteur lui donna une tape sur l'épaule.

— Non, je ne vois pas quel intérêt on y trouverait. À condition que vous nous disiez honnêtement pourquoi vous teniez à lui parler tout en sachant quelle serait la réaction de votre femme si elle venait à l'apprendre.

Le patron du pub tira de sa poche arrière un bout de papier plié et le tendit à Luke, qui l'accepta.

— Voilà la raison. Helen souhaitait me donner ça.

— Qu'est-ce que c'est ?

Mais lui comme moi avions déjà deviné la nature de ce document. Robert déglutit.

— C'est l'acte de naissance de la petite. De notre fille, à Helen et moi.

Moi qui vantais ma capacité à envisager toutes les possibilités, je n'étais pas préparée à cette bombe. Il ne m'était pas venu à l'esprit qu'Helen puisse avoir une raison innocente de parler à Robert Williams.

— Pourquoi vous l'a-t-elle confié ?

— Elle espérait quitter le village pour de bon, finit-il par répondre. Elle a raconté à tout le monde qu'elle comptait déménager à Hollywood et devenir actrice pour brouiller les pistes, mais ce n'était pas son intention. Ce qu'elle voulait, c'était s'échapper de cet endroit et prendre un nouveau départ avec son bébé. Notre fille… Elle avait dans l'idée d'enlever Janet à son oncle et sa tante.

Luke lissa du pouce un pli sur le document.

— Et eux, est-ce qu'ils soupçonnaient ses véritables projets ?

— Quand elle a quitté Winteringham, elle s'est rendu compte qu'elle avait commis une terrible erreur. Janet lui manquait beaucoup. Elle espérait qu'en rentrant, elle arriverait à convaincre Doris et Freddie de la lui rendre, qu'ils comprendraient.

— Mais ils n'ont rien voulu entendre, déduisis-je.

— Non. Ils étaient furieux. Ils lui avaient donné de l'argent pour qu'elle accepte de leur céder sa garde.

— D'après vous, aurait-elle pu se permettre de refuser cet arrangement ?

— Évidemment que non. Que voulez-vous que fasse une jeune fille dans sa situation sans le soutien de sa famille ? Quant à moi, j'étais impuissant. J'ai déjà six enfants et une femme. Je ne pouvais pas reconnaître Janet sans infliger à Winnie la pire des humiliations.

Il porta son mouchoir à ses yeux et des spasmes agitèrent ses épaules. J'avais de la compassion pour lui, mais pas autant que pour cette pauvre Helen. Sans la faiblesse de cet homme et la série d'événements qu'elle avait déclenchée, cette jeune fille, manifestement délaissée par ses proches et dont tout le monde semblait avoir profité, n'aurait jamais perdu la vie.

*

— Est-ce qu'on retourne au cabinet médical ? me demanda Luke.

— Les Reynolds habitent la maison d'à côté. Le médecin sera peut-être rentré pour le déjeuner. Tentons notre chance, on verra bien.

Nous rebroussâmes chemin pour frapper à la porte de la bâtisse en question. Sur la façade, une plaque indiquait son nom : « L'Éternelle ».

— Bonjour, monsieur Reynolds. Pardonnez-nous de vous déranger pendant votre repas. On se demandait si vous accepteriez de nous dire quelques mots suite à notre échange.

— Je me disais bien que vous alliez revenir à la charge, soupira-t-il.

— On a accumulé un certain nombre d'informations, depuis, répondit Luke. On espérait donc que vous auriez cinq minutes de votre temps précieux à nous accorder pour nous aider à éclaircir certains points.

Il semblait réticent, mais sa femme s'approcha derrière lui et l'enlaça par la taille.

— Allez, Harold. Rappelle-toi ce que je t'ai dit : tu n'as rien à cacher. La police et ces gens de Westleham pourront bien t'interroger autant qu'ils le voudront – tu es innocent. Tu ne risques rien.

Il lui tapota la main et lui adressa un sourire, mais n'eut pas l'air plus convaincu.

— Venez, passons dans le petit salon.

Il s'effaça le temps de nous laisser entrer puis nous conduisit dans une petite pièce bien ordonnée, au mobilier confortable.

— Asseyez-vous, je vous en prie. Voulez-vous que je demande à Vera de nous servir du thé ?

— Non, merci, répondit Luke. On ne vous retiendra pas plus de cinq minutes, c'est promis.

Un sourire pincé aux lèvres, Vera referma la porte derrière nous.

— En quoi puis-je vous être utile ?

— Quand vous nous avez avoué avoir acheté le silence d'Helen, on s'est inévitablement demandé si elle vous avait menacé de raconter au village que la relation que vous entreteniez n'était pas convenable.

Le médecin inspecta si longtemps ses ongles que je crus qu'il ne répondrait jamais à la question de Luke. Il finit par lever les yeux.

— J'étais amoureux d'elle.

Comment un autre homme pouvait-il prétendre avoir aimé Helen tout en profitant d'elle ? Il me semblait qu'assouvir ses désirs sans rien rendre en retour constituait le parfait opposé de l'amour.

— Est-ce qu'elle partageait vos sentiments ?

— C'est ce que j'aimerais croire.

Tandis que Luke poursuivait son interrogatoire, mon cerveau turbinait à plein régime.

— Combien de temps a duré cette relation ?

— Des mois. Je dirais même plus d'un an.

— Robert Williams pense être le père de l'enfant. Êtes-vous en train de nous dire que Janet pourrait en fait être votre fille ? questionnai-je, incapable de dissimuler ma consternation.

Je n'arrivais pas à croire que deux hommes assumaient désormais la responsabilité du bébé d'Helen – sur le papier, tout du moins.

— Oui. Vous n'imaginez pas comme ça a été dur pour moi de garder le secret, de ne pouvoir me confier à personne pendant la période la plus difficile de ma vie.

Les hommes de Winteringham étaient-ils tous plus égocentriques les uns que les autres ? Comment le médecin et le patron du pub pouvaient-ils prétendre être tombés amoureux d'Helen alors que ni l'un ni l'autre ne s'étaient donné la peine de veiller sur elle et son enfant ?

Luke se pencha en avant.

— Vous étiez au courant pour la liaison d'Helen avec Robert Williams. Qu'est-ce que vous ressentiez à l'idée de la partager ?

— Je comprenais ses motivations.

Le pasteur se frotta le menton du dos de la main – un signe que la situation lui échappait.

— J'ai du mal à vous suivre. Si vous l'aimiez, comment avez-vous pu tolérer qu'elle continue à fréquenter quelqu'un d'autre ?

— Comment l'en aurais-je empêchée ? Je suis un homme marié, j'ai une famille. Je ne lui devais rien et elle non plus. Elle était libre d'agir à sa guise.

— Mais vous ne pouviez tout de même pas vous satisfaire de cette situation, insista Luke. Et M. Williams, est-ce qu'il savait que vous la voyiez aussi ?

Le médecin, tourné vers la petite fenêtre du salon, s'absorba dans la contemplation du paysage.

— Je ne crois pas. Si vous répétez quoi que ce soit, je nierai tout en bloc.

Son ton docile avait laissé place à une obstination teintée de colère. Était-ce le fait d'admettre ses faiblesses qui avait provoqué en lui ce brusque changement d'attitude, ou y avait-il une explication plus sinistre ? Se pouvait-il qu'il ait aperçu Helen en compagnie de Robert le jour de sa mort et qu'il l'ait tuée dans un accès de jalousie ?

— Je le comprendrais tout à fait, concéda Luke. Est-ce que vous pouvez nous en dire plus sur l'argent que vous donniez à Helen, cependant ? Pourquoi cherchiez-vous à acheter son silence ?

— Elle essayait de me pousser à faire quelque chose… Elle me demandait de rompre avec ma femme.

— Est-ce que vous lui avez promis de le faire ?

Il tira de sa poche un mouchoir qu'il utilisa pour se tamponner les yeux.

— Oui. Je n'arrêtais pas de lui dire que j'allais quitter Vera et les enfants pour qu'on puisse partir de Winteringham et commencer une nouvelle vie ensemble, là où personne ne nous connaîtrait.

— Et vous aviez l'intention d'honorer ces promesses ?

— Oui. Quand j'étais avec elle, je le voulais vraiment. Mais, chaque fois que je rentrais chez moi, je me rendais compte que c'était futile. Je ne pouvais pas abandonner ma famille, mon cabinet, mes patients… Si mes agissements s'étaient sus, l'Ordre des médecins m'aurait certainement radié. Quelle vie aurait-on menée au milieu de nulle part, Helen et moi ? De quoi aurait-on vécu ?

Je croyais que mon animosité envers le médecin avait atteint son paroxysme lorsqu'il avait avoué sa liaison avec Helen, pourtant elle redoublait d'ardeur. Comment avait-il pu traiter cette pauvre jeune fille de la sorte ? Je n'étais pas surprise pour un sou qu'Helen ait voulu quitter Winteringham.

— Quand a-t-elle compris que vous ne partiriez pas avec elle ?

Il détourna les yeux avant de répondre.

— Un peu avant son accouchement. Je lui ai dit que ce ne serait pas possible.

— Comment a-t-elle pris la nouvelle ?

— Elle était furieuse, comme vous pouvez l'imaginer. Elle a dit que si je ne voulais pas d'elle, il n'était pas question qu'elle garde le bébé.

— Comment pouvait-elle être sûre que vous étiez le père ?

Il s'empourpra.

— Je crois qu'elle n'en savait rien. Elle nous a sans doute raconté des histoires, à Robert et à moi. Au fond, il est possible qu'elle ne m'ait jamais aimé. Peut-être que tout ce qu'elle souhaitait, c'était la sécurité qu'elle espérait trouver auprès de l'un de nous deux.

— Oui, peut-être, confirma Luke. Malheureusement, aucun de vous deux n'a su veiller sur elle et sur son enfant.

— C'est faux ! Avant qu'elle quitte Winteringham, je lui ai donné de l'argent – une belle somme, d'ailleurs – pour l'aider à élever la petite. Et puis j'ai découvert qu'elle était partie sans même emmener Janet !

— Est-ce que vous lui en avez voulu ? demanda Luke.

— Oui. J'étais très en colère. J'espérais qu'elle l'utiliserait pour louer un appartement en attendant de trouver du travail. Et, finalement, elle a filé toute seule je ne sais où et dépensé tout ce que je lui avais donné avant de revenir en réclamer davantage.

Comme je l'entendais s'emporter, les poils de ma nuque s'étaient hérissés. Si la façon dont il avait traité Helen n'avait pas suffi à me convaincre qu'il était antipathique, je n'avais désormais plus aucun doute.

— C'est tout ?

Quelque chose me disait qu'il avait encore des secrets. Il me lança un regard hostile.

— Je lui ai écrit des lettres. Elle avait promis de me les rendre si je la payais, mais je ne les ai jamais récupérées.

— Je suppose qu'il s'agissait de lettres intimes qui dévoilaient votre liaison avec elle. C'est pour ça que vous l'avez tuée ? interrogea Luke.

— Je ne l'ai pas tuée.

À cet instant, le médecin afficha un sourire. Malgré la chaleur de la pièce, je me sentis subitement glacée.

— Comment osez-vous insinuer une chose pareille ? reprit-il. Je suis médecin. Mon rôle est de soigner, pas de faire du mal.

Il aurait pu arguer que jamais il n'aurait jamais levé la main sur la femme qu'il aimait, mais il n'en fit rien. Il avait tout d'un homme irascible, capable d'éliminer sa maîtresse lorsque son retour au village avait menacé de compromettre la stabilité de sa vie de famille.

— Vous dites que quand Helen est rentrée, elle vous a réclamé une nouvelle aide financière, répéta Luke.

— Oui. Elle prétendait avoir trouvé une maison en périphérie de Slough et vouloir s'y installer avec Janet. Il lui manquait apparemment un peu d'argent pour payer les premiers mois de loyer et elle a promis de me rendre mes lettres si je le lui donnais. J'ai cédé. À ce moment-là, j'espérais simplement qu'elle s'en aille. En toute franchise, j'aurais même préféré qu'elle ne revienne jamais. Si je lui ai donné cet argent, c'était uniquement pour accomplir mon devoir.

Je ne le croyais pas. À mon avis, son seul intérêt était de récupérer les lettres.

Choqué par la véhémence des paroles de M. Reynolds, Luke s'adossa dans le fond de son fauteuil.

— Vous pensez qu'elle avait l'intention d'emmener Janet, cette fois-ci ?

— Sans aucun doute, affirma-t-il avant d'examiner ses mains. Elle m'a posé des questions sur l'arrangement dont elle était convenue avec son oncle et sa tante. Était-il légal ? Avait-elle le droit de partir avec son bébé ?

— Et qu'est-ce que vous lui avez dit ?

— Que, dans le cas où les Butler décideraient d'exiger qu'elle leur rende la petite, la justice lui donnerait plus facilement raison si elle vivait avec sa fille et qu'elle avait son acte de naissance.

— À ce propos, savez-vous qui est désigné comme étant son père sur ce document ?

Cette question me prit de court. Luke aurait très bien pu le sortir de sa poche pour s'en assurer lui-même. Partant du principe qu'il savait sûrement ce qu'il faisait, je gardai le silence.

— Je ne sais pas si vous êtes au courant, mais il ne suffit pas de se présenter à un officier d'état civil pour indiquer le nom de son choix dans la case destinée au père d'un acte de naissance. Le père doit s'y rendre en personne, accompagné de la mère, et signer le document de son plein gré.

— Un homme peut-il donc signer l'acte de naissance d'un enfant qu'il sait ne pas être le sien ?

— Je crains de ne pas comprendre votre question. Pour ma part, je ne m'y serais jamais résolu, n'ayant aucune certitude que l'enfant était la mienne. Je n'imagine pas M. Williams le faire non plus, même s'il était persuadé que Janet était sa fille, ce qui est visiblement le cas.

— Je ne parle ni de vous ni de M. Williams, continua Luke. Mais d'un homme quelconque. Moi, par exemple. Si je souhaitais être désigné sur l'acte, est-ce que je pourrais le faire même si j'étais sûr et certain que cet enfant n'est pas de moi ?

— Oui, répondit-il. Personne ne vous en empêcherait.

— Et la loi reconnaîtrait ce document ?

— Il s'agirait d'une falsification, concéda le médecin. Je n'ai aucune formation juridique, bien sûr, et j'ignore à quelles sanctions s'expose quiconque ment sur un acte de naissance, mais j'imagine que la police s'intéresse beaucoup à ce genre de manœuvres.

— Une dernière question, ajouta Luke. Je comprends bien que vous n'êtes pas avocat, mais j'aimerais tout de même entendre votre opinion. Si l'acte désignait un père qui souhaitait lui aussi la garde de Janet, Helen aurait-elle pu quitter le village avec sa fille ? La police serait-elle intervenue ?

— Ç'aurait été au tribunal d'en décider, pas à la police. Je ne sais pas comment l'affaire se serait soldée. Helen a abandonné Janet pendant plusieurs mois peu après sa naissance, ce qui ne l'aurait pas présentée comme un parent stable. Mais elle m'a dit qu'elle avait profité de cette absence pour chercher un logement où vivre avec sa fille. Cet élément aurait peut-être influencé l'opinion de la cour.

Je compris alors pourquoi Luke avait posé ces questions. Si le père de Janet n'était pas indiqué sur son acte de naissance, Freddie et Doris n'auraient eu aucun droit sur elle et Helen aurait pu quitter Winteringham avec sa fille.

Luke serra la mâchoire. L'implication de son ami dans la mort d'Helen le tourmentait terriblement, je le voyais bien. Il était temps pour nous de rentrer chez Annie, où nous pourrions discuter de nos découvertes et inspecter plus attentivement le mystérieux document.

12

— Je n'arrive pas à croire que vous ne l'ayez toujours pas regardé, s'indigna Ruby en tendant la main pour s'emparer de l'acte de naissance. Vous n'êtes pas curieux ?

À la réflexion, je préférais de loin être qualifiée de « curieuse » plutôt que de « fouineuse », comme ma voisine Maud.

— On ne voulait pas l'ouvrir dans la rue, expliqua Luke en déployant la feuille sur la table de la cuisine d'Annie. C'est le genre de document qu'il vaut mieux examiner en privé.

Nous nous penchâmes tous les quatre au-dessus de la page et, notre inspection terminée, échangeâmes des regards interdits. L'expression de Luke était à la fois résignée et inquiète.

— Qu'est-ce que ça signifie ? s'enquit notre hôtesse.

— Que le pasteur est dans de beaux draps, glissa ma sœur en tapotant la partie destinée au père, vide.

— Ruby a raison, finit par admettre Luke. Freddie nous a menti.

Ce n'était sûrement pas la pire faute qu'il ait commise, mais je me gardai de le faire remarquer. Luke en était déjà conscient.

D'ailleurs, il peinait manifestement à assimiler cette nouvelle information et ses conséquences sur son amitié avec le pasteur, déjà gâtée.

— Je suis vraiment navrée, mais vous savez qu'on ne peut exclure aucun suspect.

Des paroles dérisoires, mais que pouvais-je faire d'autre pour lui témoigner la peine que j'éprouvais à son égard ? J'espérais qu'il le comprenne.

— Avez-vous mes notes ? ajoutai-je à l'attention d'Annie.

Elle ouvrit un tiroir, rapporta les annotations en question sur la table et les posa à côté de l'acte de naissance de Janet.

— Qu'est-ce que vous avez appris de nouveau ?

— Que Freddie aussi avait une très bonne raison de souhaiter la mort de Mme Davies.

Ce disant, Luke répéta succinctement les aveux de son ami concernant les recettes de la foire qu'il avait données à Helen.

Annie eut un hoquet de surprise.

— C'est du vol ! Et l'argent de ses voisins, qui plus est. Je n'arrive pas à le croire. Venant de notre pasteur…

— Les gens font souvent des choses qui ne leur ressemblent pas lorsqu'ils sont soumis à une grande tension, argua Luke.

Notre hôtesse se laissa lourdement tomber sur une chaise.

— D'accord, mais le mensonge et le vol ne sont pas dignes d'un pasteur, quelles que soient les circonstances !

Je lui tapotai la main.

— Il doit beaucoup aimer Janet s'il était prêt à commettre toutes ces bavures pour conserver sa garde.

— Je m'interroge quand même, reprit Luke en allant chercher la bouilloire sur la cuisinière. Vous permettez, mademoiselle Raynor ?

Ruby pouffa.

— Ils réfléchissent mieux autour d'une tasse de thé. À la maison, Martha nous en sert à la lavande. Luke et moi le trouvons imbuvable, mais le goût lui plaît. Pas vrai, Martha ?

Je dévisageai le pasteur et retins un sourire.

— Vous ne l'aimez pas ? Ma foi, vous me l'avez bien caché !

— Arrêtez, vous le savez très bien. Je suis trop poli pour refuser.

J'étais assez fière de moi. Ruby et Luke se taquinaient sans arrêt et je ne savais jamais comment me joindre à leurs plaisanteries. Mais, à force de les observer, je commençais à apprendre. Certaine que mon expression trahissait mes sentiments pour Luke – qui surpassaient de loin la simple amitié –, je baissai le nez sur mes notes.

— Continuez, je vous en prie, le pressa Annie avant de jeter un coup d'œil à la feuille de papier à laquelle j'ajoutais des informations. Et les autres, quelle raison auraient-ils eu de tuer Mme Davies ?

— On n'a rien appris sur Kenneth qui puisse l'impliquer dans sa mort, mais il est possible qu'elle ait découvert qu'il volait l'argent de la caisse pour le donner à Helen. Elle savait peut-être aussi qu'Helen avait remis quelque chose à Robert Williams – la chose en question étant l'acte de naissance, comme on le sait désormais. Cela dit, je n'imagine pas M. Williams la tuer pour l'empêcher de divulguer cette information, étant donné qu'il nous a confié le document sans réserve.

— N'oubliez pas que c'est une petite commune, rappela Annie. Je suis certaine que les ragots se propagent aussi vite à Westleham qu'ici. Si Mme Davies est allée rapporter au pub et à la boucherie qu'elle savait ce que contenait le sac d'Helen, je vous garantis que tout le monde est au courant.

— On sait non seulement que le pasteur a donné l'argent de la foire à Helen, mais aussi que le médecin lui écrivait des lettres d'amour. Comme elles ne se trouvaient pas dans sa chambre, on peut en déduire qu'elle les gardait dans son sac à main. À supposer que Mme Davies ait eu tendance à fouiner, il est possible que les ait trouvées et lues.

Luke alluma le gaz et mit la bouilloire sur le feu.

— Vous ne trouvez pas qu'on est un peu prompts à tirer des conclusions ?

— Si, admis-je. Mais il faut garder à l'esprit que ceux qu'on a interrogés, les suspects des deux meurtres, n'ont pas forcément intérêt à nous révéler toute la vérité. Chacun d'eux pouvait avoir une raison d'éliminer Mme Davies qu'on ignore encore. Par exemple, le médecin espérait peut-être récupérer son argent et ne voulait pas que la bonne des Butler répète à qui que ce soit qu'il avait une liaison avec Helen.

Ruby semblait perplexe.

— Mais ce ne serait pas logique, puisqu'il vous l'a dit.

— L'avouer à deux inconnus, ce n'est pas comme le divulguer à tout le village. Je crois qu'il compte sur notre discrétion, fit remarquer Luke, qui tirait une chaise pour étudier mes annotations. Est-ce que vous pensez qu'il faut absolument retrouver le sac à main d'Helen ?

— La police a fouillé tout le village. Sans vouloir vous vexer, je doute que vous arriviez à mettre la main dessus si elle n'y est pas parvenue.

— Personne ne se vexe, assurai-je à Annie. Le sac à main disparu pourrait tout aussi bien s'avérer crucial que ne rien signifier du tout.

— Dans ce cas, pourquoi a-t-il disparu ? questionna Ruby.

— Si le coupable y a récupéré ce qu'il cherchait et qu'il n'en avait plus l'utilité, il s'en est sans doute débarrassé. Mais où ? m'interrogeai-je, les sourcils froncés. Mlle Raynor a raison : si les recherches de la police n'ont rien donné, malgré les forces dont elle dispose, on n'a aucun espoir.

Annie posa la boîte à thé sur la table et Luke en préleva quelques cuillères pour les faire tomber dans la théière.

— Ça alors !

— Qu'est-ce qu'il y a ? Qu'avez-vous vu là-dedans ? questionnai-je en me penchant pour en inspecter l'intérieur.

— Rien. Mais imaginez un instant que j'y aie jeté une pièce. Est-ce que vous la verriez, une fois que j'aurais versé l'eau ?

— Non, évidemment, marmonnai-je, perplexe. Pourquoi feriez-vous une chose pareille ?

— J'ai l'impression que vous êtes resté trop longtemps au soleil, révérend, intervint ma sœur. On dirait que ça vous a embrouillé le cerveau !

L'intéressé lui adressa un sourire amusé.

— Je me sers de la pièce et de la théière comme métaphore pour démontrer que, lorsqu'on immerge un objet, il disparaît.

Ruby fronça les sourcils.

— Je ne comprends toujours pas.

Je reculai ma chaise et me mis sur pied.

— Moi, je crois que si. Il faut dire à Ben de diriger les recherches de la police sur l'étang du village.

— Précisément, mon cher Watson !

Entendait-il par là qu'il était le détective et moi, sa fidèle assistante ? Je n'étais pas sûre d'approuver sa distribution des rôles, mais je ne relevai pas. Nous avions un assassin à arrêter !

*

L'inspecteur Robertson était posté au milieu du parc, les mains sur les hanches. En nous voyant approcher, il fronça les sourcils.

— Vous allez finir par compromettre notre amitié si vous continuez à interroger mes suspects.

— Excusez-nous, répondit Luke d'un ton pourtant dénué de toute contrition. Je crois savoir où se trouve le sac à main d'Helen.

— Nous le croyons tous les deux, ajoutai-je. À moins qu'il n'y soit pas. Dans ce cas, c'était l'idée de Luke.

Celui-ci m'adressa un regard étonné, auquel je répondis par un haussement d'épaules. Je n'avais pas encore tout à fait digéré qu'il m'ait appelée « Watson » et, maintenant que je m'étais mise à faire de l'humour, je commençais à y prendre goût.

— On a cherché partout, assura Ben. Il n'y a pas un recoin de ce village qu'on n'a pas retourné.

— Même l'étang ?

— Ah…

Il se gratta la lèvre supérieure, où il semblait laisser pousser une moustache. Était-ce pour plaire à Ruby, aux yeux de qui Clark Gable était « le plus bel homme du monde » ?

— En effet, on ne l'a pas fouillé, reconnut-il. Qu'est-ce qui vous dit qu'il y est ?

Luke parut mal à l'aise.

— Simple intuition. Je me suis dit que l'étang ferait une bonne cachette et il ne me semblait pas qu'il ait été inspecté.

— Vous n'avez pas reçu de tuyau, n'est-ce pas ? (Nous secouâmes la tête.) Et personne n'a été surpris à y jeter quelque chose ?

— Non, mais…

Ben leva une main.

— On va y jeter un coup d'œil. On n'a rien à perdre, de toute manière.

— Il y a d'autres d'éléments dont on aimerait vous faire part.

L'inspecteur observa Luke d'un air perplexe avant d'interpeller un agent à qui il donna de brèves consignes.

— Je veux être sur place au cas où mes hommes trouveraient quoi que ce soit. Vous n'avez qu'à me raconter en chemin.

Le temps de traverser le village et de parvenir au banc où nous avions vu le médecin, nous lui avions rapporté toutes nos dernières découvertes.

— Et voilà, conclut Luke. Malgré toutes ces informations, on n'arrive malheureusement pas à identifier le coupable.

À l'aide de perches, des policiers chaussés de cuissardes sondaient les profondeurs de la mare. À mes yeux, ils perdaient leur temps. Quand bien même le tueur y aurait jeté le sac, l'objet qu'il y cherchait n'y serait plus et le reste de son contenu aurait pris l'eau. Le récupérer ne ferait aucunement progresser l'enquête.

— Parlez pour vous, glissai-je.

— Un instant, madame Miller ! s'emporta Ben. Êtes-vous en train d'insinuer que vous avez résolu l'affaire ? Si c'est le cas, j'exige de connaître vos conclusions immédiatement !

L'incrédulité que je lisais sur le visage des deux hommes me procurait une joie indicible.

— Oui, c'est une simple question de déduction. Une fois qu'on a passé en revue les suspects et qu'on les a écartés un à un, la réponse saute aux yeux.

— Je ne savais pas qu'on en était déjà là, marmonna Luke, l'air un peu froissé. Je croyais qu'on formait une équipe.

— Je ne l'ai compris que tout à l'heure, à la table d'Annie. Je me suis rendu compte qu'on essayait d'inventer des scénarios susceptibles d'incriminer telle ou telle personne, alors qu'il aurait été plus simple d'éliminer les suspects que les faits innocentaient.

— Oui, oui, très bien, me pressa Ben, impatient. Mais qui est-ce, selon vous ?

— Pourquoi ne pas rassembler tout le monde au pub pour que je révèle la clé du mystère ?

L'inspecteur me jaugea du regard, indécis.

— L'idée ne me plaît pas beaucoup. Ce n'est pas comme ça qu'on fait notre travail, à la police. On n'arrête personne sans preuve. Vous en avez, j'espère ?

— En quelque sorte, répondis-je, évasive. Sauriez-vous, par hasard, quand la mère d'Helen sera parmi nous, à Winteringham ?

Il me pointa du doigt.

— N'essayez pas de changer de sujet. Je ne vous ai pas encore donné mon feu vert pour votre petite réunion. Le train de Mme Percival ne devrait pas tarder à arriver de Slough. Un agent va aller la chercher à la gare.

— Bien. Il vaut mieux qu'elle soit présente au Railway Inn. Après tout, personne n'est plus touché qu'elle par cette tragédie.

Ben soupira, puis consulta sa montre.

— 15 heures, ça vous irait ?

— Ce serait parfait.

— Martha ? siffla Luke.

— Pardonnez-moi, révérend. Je dois filer.

Au moment même où je m'éloignais à toutes jambes de l'étang, l'un des agents affairés à l'explorer poussa un cri. Je me moquais de savoir s'il avait trouvé le sac d'Helen – il ne renfermait aucun indice susceptible de révéler l'identité du meurtrier.

*

Je restai dans l'église jusqu'à ce que la cloche sonne trois fois, puis je traversai la rue pour me rendre au pub.

Bien que certaine d'adopter la bonne démarche pour démasquer l'assassin, je n'étais pas sûre que Luke me pardonnerait de l'avoir laissé dans l'ignorance.

Je me rappelai qu'il était pasteur et qu'on attendait de lui une honnêteté sans faille. À mes yeux, j'évitais ainsi que sa fiabilité soit remise en question. Malheureusement, il ne verrait peut-être pas les choses sous cet angle.

Comme convenu, l'inspecteur Robertson me rejoignit à la porte du pub.

— Je vous présente Betty Percival, la mère d'Helen.

Je compris immédiatement à qui la nièce des Butler devait sa beauté. Elles se ressemblaient tant qu'on aurait pu les prendre pour des sœurs.

— Toutes mes condoléances, madame.

— Merci, vous êtes bien aimable, répondit-elle avant de se tourner vers l'inspecteur, confuse. Qui est-ce, au juste ?

Ben dansa nerveusement d'un pied sur l'autre.

— Mme Miller pense savoir qui a tué votre fille.

— Qu'est-ce qu'on attend, dans ce cas ? Entrez donc et allez arrêter le bonhomme ! Enfin, j'imagine que c'en est un. Pas vrai, madame ?

Son parler tonitruant, typique de l'est de Londres, résonnait dans le calme de la rue.

— Le coupable est à l'intérieur, en effet.

— Le coupable, répéta-t-elle, soucieuse d'articuler soigneusement chaque syllabe, va payer pour ce qu'il a fait à mon Helen.

Je lui posai une main sur le bras.

— Oui, j'en suis convaincue. J'ai demandé à l'inspecteur de me retrouver à l'extérieur pour pouvoir vous parler en privé. J'ai bien peur d'avoir à vous annoncer d'autres nouvelles qui risquent de vous causer de la peine.

Elle me dévisagea comme si je venais de m'échapper d'un asile.

— Sans vouloir vous offenser, ma grande, il y a peu de chance que vous trouviez plus tragique que la mort de ma fille.

Au cours des jours passés, plusieurs personnes s'étaient permis de souligner le fait que je n'avais pas d'enfants. Malgré tout, avant cet instant, je n'avais jamais eu tant de peine à m'imaginer dans la peau d'une mère. Celle d'Helen serait-elle ravie d'apprendre qu'elle avait une petite-fille, ou aurait-elle trop honte de savoir qu'elle était née hors mariage ?

— Helen a eu un bébé, une petite fille qui s'appelle Janet, annonçai-je avec toute la douceur dont j'étais capable. Elle a cinq mois et vit avec votre sœur et son mari.

Betty se plaqua une main sur la bouche, mais ne parvint pas à étouffer un sanglot étranglé.

— Non. Doris m'a écrit. C'est elle qui a eu un bébé.

Je la regardai tâcher de se ressaisir.

— Autre chose ? ajouta-t-elle en reniflant. Parce que si c'est le cas, j'aime autant le savoir tout de suite.

— Vous êtes sûre ? Vous n'êtes pas obligée d'être présente dans le pub quand je révélerai l'identité du meurtrier. Ce sera sans doute un moment très difficile pour vous.

— Pas question que je le rate. C'est d'Helen qu'on parle, de ma fille. Alors, qu'est-ce que je dois savoir d'autre ?

— Elle fréquentait plusieurs hommes mariés, dont l'un est le père de Janet.

Lorsqu'elle cligna des yeux, une larme roula sur sa joue.

— Je vois.

Je cherchai un mouchoir dans mon sac à main et je le lui tendis. Elle avait grand-peine à se maîtriser.

— Je suis vraiment navrée. Ce doit être dur de…

— Quoi que vous me disiez, je n'ai pas honte de ma fille. Je l'aimais de tout mon cœur. Quand elle a refusé de rentrer à Londres après la guerre, ça m'a fait beaucoup de peine, mais j'ai respecté son souhait, affirma-t-elle avant d'éclater en sanglots de plus belle. Si seulement j'avais insisté pour qu'elle revienne à la maison, elle serait encore vivante à l'heure qu'il est.

Ben lui tapota le dos et me lança un regard désemparé. Malheureusement, être une femme ne me rendait pas plus douée que lui pour consoler mon prochain.

— Qu'est-ce qu'on peut faire pour vous ?

Betty s'essuya les yeux.

— Démasquez l'assassin pour que ce monsieur puisse l'arrêter. Je veux qu'il paie. Est-ce que c'est dans vos cordes ?

— Oui, répondis-je avec plus d'assurance que j'en éprouvais. Je crois.

— Alors, que voulez-vous que je fasse ? demanda Betty, la lèvre tremblante. Là-dedans, avec tous ces gens que je ne connais pas. Faut-il que je joue la comédie ?

— Non, soyez vous-même. Mais n'oubliez pas ce que je vous ai dit : vous risquez d'entendre des choses très dures.

Elle opina du chef.

— Je comprends. Je vais le faire pour mon Helen.

Ben tendit la main vers la porte.

— Après vous, mesdames.

Mon cœur tambourinait dans ma poitrine. Je redressai les épaules et m'efforçai de me détendre. Je ne pouvais pas me permettre de paraître nerveuse – personne ne m'écouterait. Je devais me montrer maîtresse de la situation, parler lentement et choisir mes mots avec soin pour que tout le monde comprenne mon raisonnement et parvienne aux mêmes conclusions que moi.

La présence de Betty constituait une angoisse supplémentaire, mais j'avais fait tout mon possible pour la préparer à la réalité de la vie d'Helen et de sa mort ici, à Winteringham.

L'heure était venue de dévoiler l'identité de son meurtrier.

13

Lorsque j'entrai dans la salle du Railway Inn, des visages impatients se tournèrent vers moi. Les seules personnes présentes, hormis Luke, Ruby et deux agents de police, étaient les principaux suspects.

Kenneth Chapman, dont les joues étaient rouges d'embarras, pâlit en voyant la mère d'Helen s'asseoir à côté de sa sœur, Doris. Sa réaction ne m'étonnait pas : mère et fille se ressemblaient comme deux gouttes d'eau.

Ben désigna un espace devant le bar et j'allai m'y poster, face à l'assistance.

— La parole est à vous, madame Miller.

Des chaises avaient été disposées en demi-cercle. Je les balayai du regard jusqu'à croiser celui de ma sœur. Pour m'encourager, elle m'adressa un sourire et un bref signe de tête.

— Merci, inspecteur, répondis-je avant de prendre une longue inspiration. Avant toute chose, j'aimerais formuler deux requêtes très importantes. Premièrement, j'implore la personne responsable de la mort d'Helen

Kennedy d'éviter à sa mère d'avoir à entendre les détails sordides de sa vie à Winteringham. En se dénonçant maintenant, le coupable lui épargnerait une terrible épreuve.

Sans surprise, personne ne se désigna – comme on pouvait s'y attendre de la part d'un assassin capable de tuer une jeune fille et une femme d'âge mûr.

— Ma deuxième demande s'adresse à vous, madame Butler.

— Moi ? s'étrangla l'intéressée d'une petite voix. Qu'est-ce que j'ai fait ?

— Accepteriez-vous de confier Janet à ma sœur, Ruby, le temps d'une promenade ? J'ai bien conscience qu'elle n'est qu'un bébé et ne risque pas de comprendre ce dont on va parler, mais il est tout de même question de meurtre. Sans compter que nous sommes dans une taverne. Sa place n'est pas ici.

— C'est mon bébé, affirma-t-elle, renfrognée. Je refuse de la confier à une inconnue.

— Et moi, est-ce que je peux la prendre ? la pria Betty, les mains tendues vers la petite. Il y a si longtemps que j'attends de devenir tante.

Elle croisa mon regard et m'adressa un clin d'œil audacieux qui manqua de me couper le souffle. Elle me signalait qu'elle ne révélerait pas l'échange que nous avions eu à l'extérieur.

— Eh bien, je…

Betty tira bruyamment la langue à Janet, qui gloussa de joie.

— Allez, Doris. Laisse tatie Bet prendre sa nièce dans ses bras.

— Bon… Très bien, consentit-elle à contrecœur. À condition que tu restes ici, à côté de moi. Janet se met dans tous ses états quand elle ne me voit plus.

— Arrête un peu, rétorqua sa sœur avec une pointe d'impatience. Je n'ai pas l'intention de m'éloigner.

Doris lui permit de hisser Janet sur ses genoux. Une fois de plus, les larmes montèrent aux yeux de Betty lorsqu'elle embrassa les joues de la fillette et prit dans ses mains ses petits poings potelés.

— Où est le sac à main d'Helen ? demandai-je d'une voix sonore à l'attention de l'inspecteur.

— On l'a envoyé au poste pour le faire examiner.

— Bien.

Je hochai la tête, comme s'il s'agissait d'un nouvel élément. En réalité, je tenais à ce que l'assassin sache que nous l'avions trouvé.

Winifred Williams tapait du pied avec impatience, comme si elle avait mille et une choses à faire, toutes bien plus importantes que de découvrir qui avait tué la maîtresse de son mari.

— Commençons par toi, Kenneth, dis-je en me tournant vers le jeune homme, qui rougit immédiatement lorsque tous les regards se braquèrent sur lui. Avant la mort d'Helen, tu entretenais avec elle une relation personnelle.

— Oui, madame Miller, s'empressa-t-il de confirmer, comme si j'étais sa maîtresse d'école et qu'il craignait de ne pas répondre assez vite à ma question.

— Tu es l'un des trois hommes de Winteringham à lui avoir donné d'importantes sommes d'argent. D'ailleurs, l'unique raison de son retour ici était d'en rassembler assez pour obtenir un logement où s'installer avec sa fille.

— Sa fille ? répéta-t-il d'une voix fluette. Helen n'a pas d'enfant.

— Si, démentis-je calmement. Janet est sa fille.

Doris me fusilla du regard, bouillonnante de rage. Elle donna un coup de coude à son mari.

— Cette fois, vous allez trop loin, madame Miller !

— Pourtant, je viens à peine de commencer.

— J'en étais sûre, lâcha Winifred de son ton sec.

Le docteur Reynolds contempla ses mains, conscient qu'il ne tarderait pas à se retrouver sous les projecteurs à son tour.

Quant à Robert Williams, le visage rouge de honte, il posa une main réconfortante sur l'épaule de sa femme, dont elle se dégagea sans ménagement.

— Bien, passons, repris-je. Helen et Kenneth ne semblaient pas éprouver l'un pour l'autre de sincère affection. D'accord, ils se côtoyaient volontairement, mais la motivation principale d'Helen reposait sans doute sur l'argent que tu lui donnais, Kenneth.

Il baissa la tête.

— Oui.

— De l'argent qui ne t'appartenait pas. Être vu en compagnie d'une aussi belle jeune fille a dû flatter ton *ego*.

Je ne développai pas. Mon but n'était pas de l'humilier et je préférais ne pas contrarier Betty en évoquant ce que sa fille monnayait.

— On était très proches, objecta-t-il d'une voix blanche.

— C'est le matin de sa mort que tu lui as remis de l'argent pour la dernière fois, n'est-ce pas ? Peu avant son meurtre, d'ailleurs.

Il inspecta les éraflures sur ses chaussures.

— Oui.

— Je ne vois pas pour quelle raison tu l'aurais tuée. Si tu souhaitais récupérer l'argent que tu venais de lui donner, tu l'aurais simplement pris dans son sac à main, ce matin-là. Mais il aurait été illogique que tu lui remettes cette somme juste avant de la tuer pour la lui reprendre. Je ne vois pas non plus pourquoi tu t'en serais pris à Edith Davies. Si on commence à inventer des mobiles, c'est qu'on n'a aucune preuve pour soutenir notre hypothèse.

L'inspecteur Robertson fit signe à un des agents postés près de la porte de le rejoindre. De plus en plus inquiet, Kenneth observa les policiers l'un après l'autre.

— Accompagnez M. Chapman pour qu'il avoue le vol qu'il a commis. Si celui ou celle qu'il a volé souhaite engager des poursuites pénales contre lui, arrêtez-le et conduisez-le au poste sur-le-champ.

— Je suis fait comme un rat, marmonna-t-il.

— À qui le tour de se faire humilier en public, maintenant ? lança Winifred Williams, caustique. Ce petit jeu vous amuse peut-être, mais rien ne vous oblige à nous tourner en ridicule les uns après les autres.

— Je suis navrée de vous mettre dans l'embarras, assurai-je. Mais, quelles que soient les émotions que vous éprouvez, elles ne sont rien comparées au chagrin de Mme Percival. Imaginez un instant que la victime ait été l'une de vos filles.

C'était un coup bas, je le savais. Malgré tout, je ne regrettais pas mes paroles.

— Cette remarque n'était pas nécessaire, signala Robert.

Je soutins son regard, puis j'observai une à une les personnes présentes dans la salle.

— Chacun de vous a eu la possibilité d'agir différemment. Si l'un de vous avait mis de côté ses tourments pour penser à Helen et à sa situation délicate, elle serait peut-être encore parmi nous aujourd'hui. Mais vous n'avez pas eu le cran de soutenir cette pauvre jeune fille. Voilà pourquoi je n'éprouve aucun remords à vous prendre à partie. Helen Kennedy ne méritait pas d'être négligée de la sorte par les gens de Winteringham.

J'étais ravie de parvenir à m'exprimer d'une voix ferme, malgré les nœuds qui m'étreignaient l'estomac.

*

Sitôt la porte fermée derrière l'agent de police et Kenneth, je me tournai vers le patron du pub et sa femme.

— Et si nous discutions de votre mobile, à présent ?

Les bras croisés, Winifred me lança un regard glacial.

— Je n'en ai pas.

— Au contraire, de toutes les personnes présentes ici, c'est vous qui avez le plus plausible, intervint le docteur Reynolds.

— Qu'est-ce que vous faites ici, vous, au juste ? rétorqua-t-elle en le pointant du doigt.

Il haussa une épaule, résigné.

— Vous le découvrirez tôt ou tard, alors autant vous le dire dès maintenant. Helen et moi étions amants.

— Non ! s'exclama Robert. C'est impossible.

— J'ai vu les lettres que M. Reynolds lui a envoyées, mentis-je. On les a retrouvées dans le sac à main d'Helen.

C'était mon premier piège. J'attendis que l'assassin me reprenne, mais il ou elle s'en abstint. À part Ben, Luke et moi, cette personne était la seule à savoir que le sac à main avait été jeté dans l'étang du village et que les lettres étaient donc illisibles. Malgré ma frustration, je commençais à admirer ses nerfs d'acier.

Robert se prit la tête dans les mains. Était-il anéanti par la nouvelle ou craignait-il que sa réaction n'attise la colère de sa femme ? Je l'ignorais.

— Il me paraît clair que vous aviez tous les deux d'excellents mobiles, madame Williams. Vous saviez que votre mari avait une liaison avec la victime. Vous aviez toutes les raisons de vouloir la réduire au silence, l'un comme l'autre.

— Je vous ai dit, à vous et à votre pasteur, que si quelqu'un méritait de mourir, c'était Robert, pour m'avoir trahie. Jamais je n'aurais tué cette gamine.

— Et vous, monsieur Williams ?

Il jeta à sa femme un regard suppliant.

— Je regrette ce que je m'apprête à révéler, mais… il est temps de dire la vérité. Mme Percival mérite de l'entendre. J'ai vu Helen le matin de sa mort.

— Robert ! s'emporta son épouse d'une voix tremblante. Tu m'as menti. Une fois de plus.

En une fraction de seconde, l'assurance dans laquelle elle se drapait habituellement s'était effondrée.

— Je suis désolé, ma chérie. J'avais une très bonne raison.

— Laquelle ? m'enquis-je.

— Helen m'a confié l'acte de naissance de Janet pour que je le mette en lieu sûr. Elle voulait quitter

Winteringham pour de bon avec sa fille. À mes yeux, c'était la meilleure solution. Je sais que son retour t'avait beaucoup affectée et comme c'était dur pour toi de la croiser au village.

— Dis-moi que tu ne lui as pas redonné d'argent.

— Tu étais au courant ?

— Évidemment. Après tout ce qu'on a traversé, tu devrais savoir que tu ne peux rien me cacher.

— Bon… Puisque j'ai promis d'être honnête, je ne vais rien omettre. J'étais censé garder l'acte de naissance jusqu'à ce qu'elle soit prête à partir. Elle m'a demandé si je pouvais lui donner un peu d'argent pour l'aider à s'installer avec Janet. Je me sentais responsable envers elles deux, naturellement, ajouta-t-il avant de lever les yeux vers le médecin. Mais, tout compte fait, ce n'était peut-être pas à moi d'assumer cette charge.

Helen n'avait que dix-sept ans et lui était adulte. Père de Janet ou non, il ne faisait aucun doute qu'il avait profité d'elle.

— J'exige que vous me rendiez ce document sur-le-champ, ordonna Freddie de son ton pompeux. Il a été subtilisé chez moi sans mon accord.

— Je ne crois pas qu'il vous appartienne, soulignai-je avant de me tourner vers Ben. À qui revient-il ?

— Il faut avoir dix-huit ans pour rédiger un testament reconnu par la loi. Puisqu'Helen ne les avait pas encore, ses biens reviennent à son héritier le plus proche qui, comme nous l'avons découvert, s'avère être Janet. Étant elle-même trop jeune, il me semble que la prochaine personne sur la liste est la mère d'Helen.

Freddie me jeta un regard si haineux que je dus me retenir de frissonner.

— Revenons à votre mobile, madame Williams. En ce qui concerne Helen, il est plutôt évident, comme on l'a souligné tout à l'heure. Par ailleurs, on m'a rapporté que Mme Davies est passée vous voir le matin de son propre décès et qu'elle a évoqué, entre autres choses, le contenu du sac à main de la victime. C'est là que votre motivation m'échappe. Puisque Mme Davies ne menaçait pas de révéler la nature de la relation entre Helen et votre mari, je ne vois pas ce qui aurait pu vous pousser à l'éliminer.

— Autrement dit, je suis hors de cause ? demanda-t-elle, un soulagement manifeste dans la voix.

— Oui.

— Est-ce que je peux partir ? ajouta-t-elle à l'attention de l'inspecteur Robertson.

— Oui, allez-y.

Sans prêter la moindre attention à qui que ce soit, pas même à son époux, elle quitta la pièce à tire d'aile.

— Et moi ? voulut savoir Robert.

— Il me semble que s'il y avait eu quelque chose que vous préfériez garder secret dans le sac à main d'Helen, vous le lui auriez pris au moment où elle vous a confié l'acte de naissance de sa fille. Il n'était pas utile de la tuer pour ça et vous n'aviez donc aucune raison d'assassiner Mme Davies.

— Je ne suis pas ce genre d'homme, affirma-t-il en se levant de sa chaise.

Entendait-il par là qu'il n'était pas un meurtrier ou qu'il n'était pas du genre à profiter d'une jeune fille ? Au fond, cela n'avait aucune importance. À mes yeux, c'était un homme faible, pitoyable, qui risquait d'avoir bien du mal à remonter dans l'estime de son épouse implacable.

*

— Je suppose que c'est à mon tour de subir votre infâme diffamation, dit le docteur Reynolds, la mine lugubre. Heureusement que Vera n'est pas là pour assister à ce spectacle.

— Votre femme est parfaitement innocente et n'a rien à ajouter à ce compte-rendu, répliquai-je, calme. Il ne me semblait pas nécessaire de la contrarier inutilement.

— Je devrais vous remercier pour cette faveur, j'imagine.

— Vous nous avez menti depuis le départ, quand on s'est rencontrés derrière le chapiteau, où se trouvait le corps d'Helen. Vous avez prétendu ne jamais l'avoir eue comme patiente et la connaître très peu. Aucune de ces affirmations n'était vraie, comme nous n'avons pas tardé à le découvrir.

Une grimace de dégoût déforma le visage de Doris.

— Vous aviez une liaison avec Helen pendant tout ce temps ? C'est… C'est scandaleux ! Vous étiez son médecin.

— Elle était aguicheuse et très belle. Je suis tombé sous son charme.

Ma détermination à rester aussi courtoise que possible s'émoussait. Depuis mon arrivée à Winteringham, j'avais trop souvent entendu ses habitants reprocher à Helen des choses dont elle n'était pas responsable, ou seulement en partie.

— Êtes-vous marié, monsieur Reynolds ?

— Oui, vous le savez très bien.

— Vous êtes-vous engagé à ne respecter vos vœux que dans le cas où vous ne rencontreriez jamais de jolie jeune fille ?

— Eh bien, non, mais…

— Êtes-vous un médecin qualifié ?

— Vous connaissez déjà la réponse, grommela-t-il, bougon.

— Quand le Conseil de l'ordre des médecins sera informé de la relation que vous entreteniez avec une patiente, risquez-vous la radiation ?

— Je…

— Oui ou non, monsieur Reynolds ? (Il se mura dans le silence.) Je crois que la réponse est évidente. Il me semble que nous pouvons tous convenir que vous n'êtes pas la victime dans cette affaire. Vous étiez maître de vous-même et de vos actes. C'était à vous de vous retenir.

Ma voix tremblait – plus d'angoisse, désormais, mais d'une rage bouillonnante. Quelques mois plus tôt seulement, j'étais effacée, sans prétention. Cette femme n'existait plus. La nouvelle Martha ne laisserait pas quelqu'un comme le docteur Reynolds tenter de minimiser sa propre culpabilité en rejetant la faute sur une jeune fille incapable de se défendre.

— Bravo, madame Miller ! me félicita Betty avec un signe de tête approbateur, sans cesser de faire rebondir Janet sur ses genoux.

J'ignorais comment elle avait pu garder le silence en entendant les villageois calomnier sa fille.

— Votre mobile dans le meurtre d'Helen est évident. Vous lui aviez donné de l'argent avant qu'elle quitte Winteringham, une fois Janet née. Vous aviez promis de partir avec elle, mais, à la dernière minute, vous vous êtes dérobé. Par conséquent, elle a confié sa fille à son oncle et sa tante, convaincue qu'elle n'avait pas d'autre solution.

Betty secoua la tête.

— Elle aurait pu rentrer. Moi, je les aurais accueillies, elle et son bébé.

— Janet est à moi ! objecta Doris, tenace. C'est notre bébé, à Freddie et moi. Ta fille nous l'a vendue.

Sa sœur lui lança un regard incendiaire.

— Ça, c'est toi qui le dis. Il s'agit de ma petite-fille et j'ai bien l'intention de la protéger comme je n'ai pas réussi à le faire avec Helen.

— Tu n'as pas le droit ! s'insurgea Doris en essayant de lui arracher des mains la petite, qui se mit à pleurer. Vous, là ! Vous êtes policier. Dites-lui qu'elle ne peut pas me prendre mon bébé !

— La police n'a pas à intervenir dans les affaires familiales, madame Butler, répondit Ben d'un ton calme. Clarifions d'abord le décès de votre nièce avant de déterminer à qui revient la garde de la petite. Mademoiselle Andrews, emmenez-la se promener le temps qu'on règle cette histoire, s'il vous plaît.

Ruby s'approcha de Betty, qui lui confia Janet. Le bébé maladroitement hissé dans ses bras, elle sortit du pub pour l'installer dans le landau que Doris avait laissé sur le trottoir.

Je n'étais sûrement pas la seule à avoir remarqué les étoiles dans les yeux de l'inspecteur à la vue de Ruby murmurant des paroles rassurantes à la petite. Il était décidément fou amoureux d'elle.

— Vous aviez d'excellentes raisons de vouloir subtiliser le sac d'Helen, monsieur Reynolds. Il contenait non seulement l'argent que vous lui aviez donné, mais aussi les lettres dans lesquelles vous lui exposiez vos sentiments. Avant sa mort, Mme Davies a révélé à plusieurs personnes qu'elle savait ce qu'Helen gardait dans son sac. Vous étiez conscient que si la nouvelle de votre infidélité se propageait dans le village, elle finirait par remonter aux oreilles de Vera.

Il passa un mouchoir sur son front moite de sueur.

— Je suis médecin. Pour moi, la vie est sacrée. Je ne les ai pas tuées, ni l'une ni l'autre. J'aimais Helen.

— Ce n'est pas de l'amour, rétorqua Betty. Vous vous êtes servi de ma fille avant de la rejeter quand vous avez eu peur qu'elle révèle votre vrai visage à tout le monde. Vous n'êtes rien qu'un sale vieux vicelard !

— Non, je vous assure. Helen était l'amour de ma vie.

Elle le transperça d'un regard noir.

— Si ç'avait été le cas, c'est à vous qu'elle aurait remis l'acte de naissance de sa fille. Mais elle ne vous faisait pas confiance. Vous l'avez laissée tomber. On n'abandonne pas les gens qu'on aime.

Doris se leva de sa chaise.

— Si cette farce est terminée, j'aimerais récupérer ma fille et rentrer chez moi.

— Asseyez-vous, madame Butler, ordonnai-je d'une voix douce. J'en ai fini avec le médecin pour le moment, mais je n'ai pas encore évoqué la manière indigne dont vous avez traité votre nièce, vous et votre mari.

Révolté, Freddie se tourna vers Luke.

— Tu ne pourrais pas intervenir, mon vieux ?

— Non, répondit-il sans me quitter du regard. Je veux entendre ce que Mme Miller a à dire.

Même s'il me témoignait son soutien, ses yeux étaient dépourvus de la chaleur qui les illuminait habituellement lorsqu'il me regardait. Il savait aussi bien que moi que le plus dur restait encore à venir.

14

— Vous étiez mon premier suspect, admis-je à l'attention de Freddie. En vous entendant parler d'Helen, j'ai senti que quelque chose clochait. Vous sembliez égocentrique et manquer de compassion pour cette jeune fille. On a peut-être été habitués à trop de générosité et d'empathie de la part de nos pasteurs de Westleham, qui acceptent leurs paroissiens, quelle que soit leur situation.

Je dus me faire violence pour ne pas regarder Luke. Même si je ne le désignais pas personnellement, je craignais que l'assistance parvienne à deviner mes sentiments pour lui.

— Je suis navré de vous avoir fait cette impression. Cela dit, je crois que tout le monde a remarqué que vous êtes très proche de votre pasteur, rétorqua Freddie, narquois.

Le feu me monta aux joues, mais je gardai mon calme.

— Votre commentaire ne fait que confirmer la peine que j'éprouve à l'égard de votre nièce. Même au pied du mur, vous n'assumez pas vos actes et vous cherchez à détourner l'attention vers d'autres sujets hors de propos. Quand vous êtes rentré de la guerre, votre nièce avait besoin d'une figure paternelle fiable, à qui elle pouvait se confier. Mais vous l'avez repoussée. Bien sûr, ce n'était pas convenable pour une adolescente de son âge de s'asseoir sur vos genoux comme elle le faisait étant enfant. Sur ce point, tout le monde est d'accord. Vous auriez pu canaliser sa joie de vous voir rentrer sain et sauf de façon à nouer une relation positive, affectueuse, mais vous n'en avez rien fait. Vous avez préféré la renvoyer à Londres.

— On nous l'a confiée pour qu'elle échappe aux dangers de Londres pendant la guerre, expliqua Doris. Une fois le conflit terminé, il était normal qu'elle retourne vivre chez sa mère.

— Je comprends ce point de vue, opinai-je. Cependant, à ce moment-là, Helen avait quinze ans. Elle s'était habituée à la vie à Winteringham et ne se sentait plus chez elle dans la capitale. En témoigne le fait qu'elle est rentrée au village dès que possible. Bien sûr, c'est facile à dire pour moi, qui ne suis qu'une spectatrice jugeant la situation après coup, mais il me semble évident qu'Helen cherchait une figure paternelle. Elle a perdu son père pendant la guerre avant d'être rejetée par vous, son oncle. Étant donné la façon dont je vous ai entendu évoquer son comportement, j'ai même eu peur que votre relation n'ait pris une tournure très malsaine.

Freddie se leva d'un bond, son visage rond rouge de colère.

— Comment osez-vous ? Jamais je n'aurais fait ce que vous insinuez ! J'exige que vous retiriez vos accusations immédiatement !

— Du calme, révérend, intervint l'inspecteur Robertson en esquissant un pas vers moi. Mme Miller ne vous a accusé de rien. Elle a simplement dit que votre attitude l'avait mise mal à l'aise.

Je lui adressai un bref sourire avant de reprendre :

— Puisque vous teniez à nous révéler que vous figuriez sur l'acte de naissance de Janet, j'ai été contrainte d'envisager la possibilité que vous étiez véritablement son père biologique. Pour vous et votre femme qui rêviez tant de devenir parents, ce devait être un miracle que votre nièce se retrouve enceinte d'un enfant qu'elle consentait à vous confier.

— C'était un cadeau du ciel, confirma Freddie, grandiloquent.

Pour un homme censé consacrer sa vie au Seigneur, il faisait très rarement référence à la religion.

— C'est Janet, notre cadeau, précisa-t-il. Je l'ai toujours considérée comme tel. Doris et moi avons prié le ciel encore et encore de nous accorder un enfant. L'incapacité d'Helen à élever la sienne seule était un signe de Dieu. Il nous encourageait, en tant que couple chrétien, à la prendre sous notre aile.

— Je crois avoir déjà souligné le fait que la vie d'Helen aurait été bien différente si vous l'aviez soutenue et aidée à traverser la situation délicate qui était la sienne. Il me semble inutile de revenir sur ce point.

Freddie s'empara de la main de Doris.

— Vous sous-estimez l'opinion des paysans. On n'aurait pas pu supporter la honte de vivre sous le même toit qu'une mère célibataire. Mes paroissiens auraient perdu tout respect pour moi. Comment aurais-je pu leur indiquer la bonne conduite si j'avais hébergé moi-même le fruit du péché ?

— Vous auriez pu la renvoyer chez moi ! intervint Betty avec émotion. D'après ce que j'ai compris, vous l'avez payée pour qu'elle quitte Winteringham après son accouchement. Pourquoi ne pas lui avoir donné un peu d'argent pour qu'elle rentre à Londres ? J'aurais trouvé le moyen de vous rembourser.

— On lui a donné toutes nos économies, l'informa Doris.

— Et en échange, vous lui avez pris sa fille, ce qu'elle avait de plus précieux au monde !

— Tu ne sais pas comment elle était, rétorqua sa sœur. Elle n'en avait jamais assez. On lui tendait le doigt et elle prenait le bras.

— On a fait de notre mieux, ajouta Freddie. Avec le recul, c'est facile de prétendre qu'on aurait pu, ou même dû, faire les choses différemment.

— Comme je l'ai dit : ce qui m'a le plus frappée et qui me chiffonne encore, c'est votre manière de présenter Helen comme la responsable de toute cette affaire. Votre seule inquiétude était l'impact que pouvait avoir sa grossesse sur votre image à tous les deux. Après l'avoir hébergée pendant sept ans, vous l'avez rejetée et obligée à abandonner sa fille.

— Ne parlez pas de ce que vous ne savez pas, madame Miller, riposta sèchement Doris. On ne l'a forcée à rien. C'est même elle qui nous a proposé d'élever Janet comme notre propre fille.

— Et qui a eu l'idée de la payer et de lui faire promettre de ne jamais revenir ? intervint Luke, les yeux rivés sur son vieil ami.

— On ne pouvait tout de même pas la laisser quitter Winteringham sans le sou, rétorqua-t-il. Sinon, vous nous le reprocheriez aussi. Dans tout le pays, des jeunes filles sont chassées parce qu'elles nuisent au bien-être de leur famille. Notre cas n'aurait pas été si rare. On a essayé de l'aider.

— C'est faux.

Je fermai les yeux un instant, incapable de regarder plus longtemps les deux personnes qui avaient fait le plus de mal à Helen.

— Vous l'avez payée pour obtenir ce que vous désiriez avant de rompre son dernier lien avec votre famille, repris-je. Comme je l'ai dit tout à l'heure, n'importe qui, ici présent, aurait pu sauver Helen en agissant différemment. Malheureusement, vous avez préféré lui faire comprendre qu'elle n'était plus la bienvenue chez vous. Elle n'avait plus aucune attache. Quant à vous, monsieur Reynolds, vous n'avez pas tenu les promesses que vous lui aviez faites au moment où elle était la plus vulnérable. Alors qu'elle était sur le point d'accoucher et qu'elle avait besoin de soutien, d'amour, vous, Freddie et Doris, n'avez su lui proposer que de l'argent.

Furieuse, cette dernière soutint mon regard.

— Elle était ravie de quitter le village. Elle a dépensé tout ce qu'on lui avait donné puis elle est rentrée en réclamer davantage. Elle n'en avait jamais assez et nous tannait sans arrêt. Elle a promis de partir une fois qu'elle aurait ce qu'elle voulait. Figurez-vous qu'elle comptait se lancer dans une carrière d'actrice à Hollywood ! Qu'est-ce qu'il ne faut pas entendre !

— Ce n'est pas vrai, la contredis-je sans élever la voix. C'est bien ce qu'elle a raconté à plusieurs personnes, mais ce n'était qu'une couverture et je crois que vous le savez très bien. Elle avait l'intention d'emmener Janet pour s'installer avec elle dans une maison qu'elle avait repérée à Slough. Elle a expliqué au médecin et à Robert Williams que c'était la raison pour laquelle elle avait besoin d'argent. Elle voulait mettre de côté quelques mois de loyer en attendant de trouver un emploi.

Betty pleurait à chaudes larmes, mais sa sœur restait de marbre. Même si je n'étais jamais très à l'aise pour exprimer mes sentiments ou témoigner mon affection, je ne pouvais pas imaginer regarder Ruby souffrir sans rien faire pour la consoler. Cramponnée à la main de son mari, Doris attendait que je poursuive sans ciller.

— Vous connaissiez les projets de votre nièce, madame Butler. L'après-midi où le corps d'Helen a été découvert, vous nous avez dit vous-même que vous étiez prête à tout pour garder Janet, que vous feriez n'importe quoi pour elle. Je ne pense pas que vous exagériez. Cependant, je me suis vite aperçue que vous agissiez, la plupart du temps, dans vos seuls intérêts. Pas une seule fois vous n'avez contacté votre sœur pour lui faire part de la situation, pour lui laisser la possibilité d'aider sa fille. Quel genre de femme est capable d'une telle chose ?

Elle vrilla son regard au mien. Son expression sournoise m'évoquait celle d'un renard sur le point de se faufiler dans un poulailler.

— Vous n'imaginez pas ce que ferait une mère pour son enfant.

— Pouvez-vous me dire à quels moments vous quittez votre fille des yeux ?

— Jamais, répondit-elle aussitôt. Enfin, sauf maintenant, bien sûr, mais c'est uniquement parce que vous m'avez obligée à la confier à votre bécasse de sœur.

— Vous êtes bien antipathique, madame Butler, fis-je remarquer avant de me tourner vers son époux. Vous pouvez peut-être répondre à ma question.

— Ce n'est pas arrivé souvent. Elle l'emmène même au fond du jardin dans son landau pour aller aux sanitaires, ajouta-t-il en couvant sa femme d'un regard attendri. C'est une mère formidable. Elle est très attentive aux besoins de Janet.

— Pourtant, repris-je avant de marquer une pause théâtrale, le matin de la foire agricole, vous l'avez laissée un instant dans les bras de Luke. Je le revois distinctement lui faire goûter sa crème glacée juste avant de découvrir le corps d'Helen. Où étiez-vous à ce moment-là ?

Doris battit des paupières à toute allure, mais ne montra aucun autre signe d'agitation.

— Il fallait que j'aille aux toilettes.

Je haussai une épaule.

— Étrange. Votre mari vient de nous dire que vous ne la quittiez jamais, pas même pour aller au fond du jardin. Pourquoi ne pas l'avoir emmenée hier ?

Je sentais le regard de Luke peser sur moi. Ses yeux bleus étaient tristes. Même s'il comprenait pourquoi j'avais dû l'exclure de la conclusion de notre enquête, il ne me pardonnerait pas de sitôt. C'étaient de ses amis qu'il était question – il aurait préféré les mettre en cause lui-même.

— Il y avait beaucoup de monde dans le parc, j'aurais eu du mal à manœuvrer le landau, répondit Doris, l'air contente d'elle. Je ne me suis éclipsée qu'un instant.

— J'aimerais passer au meurtre de Mme Davies, si vous permettez.

— Allez-y, acquiesça-t-elle, désinvolte.

— Je vous ai trouvée très calme lorsqu'elle a disparu pendant son service. Quand je vous ai demandé si vous saviez où elle pouvait être, vous avez avoué vous-même qu'elle n'avait pas pour habitude de s'absenter sans prévenir. Malgré la menace du meurtrier qui rôdait au village, vous ne sembliez pas inquiète pour deux sous. Je crois que vous saviez pertinemment où elle se trouvait. Vous l'avez étranglée dans le jardin avant de pousser son cadavre par-dessus le muret. Est-ce que je me trompe, madame Butler ?

Elle étouffa un petit rire.

— Vos accusations sont ridicules, rétorqua-t-elle avant de se tourner vers Luke. J'ai bien peur que ton amie n'ait une araignée au plafond.

— Est-ce qu'il est si ridicule d'insinuer que vous avez étranglé votre domestique pendant qu'elle étendait votre linge ? J'aurais dû comprendre tout de suite ce que signifiait ce panier abandonné. Mme Davies n'était pas du genre à ne faire son travail qu'à moitié. Elle s'occupait du linge lorsqu'elle a disparu, n'est-ce pas ? Sauf qu'elle ne s'est pas évaporée dans la nature. Vous étiez là. Vous l'avez étouffée avec une paire de collants.

Freddie, qui n'avait pas dit mot, dégagea sa main de celle de sa femme.

— Eh bien, Doris ? Dis quelque chose. Tu n'as pas fait ça, tout de même ? Pitié, dis-moi que ce n'était pas toi. Moi, en tout cas, je n'y suis pour rien.

Sans le regarder, elle croisa les mains sur ses genoux. Le pasteur se laissa glisser au pied de sa chaise et joignit les paumes.

— Oh, bien-aimé Père céleste ! Je vous adresse ma prière la plus sincère, à toi, Seigneur, et à ton fils, Jésus Christ, notre sauveur et rédempteur. Pardonne mes péchés et délivre-moi des profondeurs de l'enfer. Ne me juge pas pour les iniquités qu'a commises ma femme, je n'en suis pas responsable. Amen.

À chacun des mots qui franchissaient sa bouche, l'expression de Doris se transforma. Son masque imperturbable se fendilla et des larmes jaillirent de ses yeux.

— Je l'ai fait pour nous ! Tu ne le vois donc pas ? J'ai fait le nécessaire pour qu'on puisse garder notre fille chérie.

— Mais pourquoi vous en prendre à Mme Davies ? Qu'est-ce qu'elle avait fait ? questionnai-je.

— Elle avait tout compris. C'est elle qui était chargée de récolter les frais de la foire. Quand j'en suis sortie, j'ai fait semblant de rentrer à la maison pour aller aux toilettes, mais ce n'était qu'un prétexte.

— Vous êtes allée prendre le couteau qui vous a servi à tuer Helen.

Elle contempla ses mains jointes.

— Oui. Et cette vieille fouineuse savait que je m'étais absentée et qu'il en manquait un dans la cuisine. Il fallait qu'elle meure, elle aussi.

L'inspecteur Robertson s'avança d'un pas.

— Est-ce que je peux vous demander d'éclaircir un point, madame Butler ? Vous avez admis avoir étranglé Mme Davies avec une paire de bas. Pouvez-vous expliquer comment vous vous y êtes prise ?

— Elle étendait le linge, comme l'a dit Mme Miller. Je suis venue discuter avec elle comme si de rien n'était. Puis elle s'est tournée vers moi et elle a dit : « Je sais ce que vous avez fait. » Sans même m'en rendre compte, j'ai pris une paire de bas en laine grise pour les lui enrouler autour du cou. Je les ai serrés aussi fort que j'ai pu jusqu'à ce qu'elle arrête de se débattre.

— Où était le bébé pendant ce temps-là ? s'inquiéta Betty.

— Je vous l'ai dit : je ne vais nulle part sans Janet, répondit Doris, comme si elle ne voyait pas le problème. Elle était à côté de moi, à l'abri dans son landau.

Sa sœur secoua la tête, sidérée.

— Tu as tué cette pauvre femme sous les yeux de ma petite-fille ?

— Je ne la laisse jamais sans surveillance, insista Doris. Il me semble vous l'avoir dit à tous plusieurs fois. Personne ne m'écoute, ou quoi ?

— J'imagine que je suis tiré d'affaire ? intervint le docteur Reynolds.

— C'est non seulement très mal venu de votre part, mais aussi totalement absurde, rétorqua Ben. Vous venez d'avouer devant tout le monde avoir eu une relation intime avec une de vos patientes mineures. Ce n'est pas ce que j'appellerais « tiré d'affaire », docteur – ou plutôt : « monsieur Reynolds ». Une fois que l'Ordre des médecins en aura fini avec vous, vous pourrez dire adieu à votre titre et à la vie que vous meniez jusqu'ici.

Sans regarder l'inspecteur, Harold Reynolds s'essuya le front à l'aide de son mouchoir devenu crasseux. Comment allait-il expliquer son exclusion soudaine à son épouse ? Je me le demandais.

Pendant ce temps, Freddie Butler se tordait les mains. C'était la première fois que je voyais quelqu'un le faire littéralement. Jusqu'alors, cette expression m'avait toujours intriguée lorsque je l'avais lue dans des livres.

Il s'était levé pour s'éloigner le plus possible de sa femme.

— On ne bouge plus, ordonna l'inspecteur. Où croyez-vous aller, monsieur Butler ?

— Je veux rentrer chez moi, partir loin de cette femme que j'ai épousée. Moi, je n'ai rien fait de mal.

Doris, qui semblait dans un état second, ne réagit pas aux paroles du pasteur. On aurait dit que l'enfer auquel Freddie craignait tant d'être condamné l'avait déjà engloutie.

— Tu n'as peut-être commis aucune infraction, mais il faudrait sacrément te voiler la face pour t'imaginer que tu n'as rien fait de répréhensible, dit Luke à son ancien ami. Tu as contribué à ce qui est arrivé à Helen.

— Je crois qu'on ferait mieux de laisser l'inspecteur Robertson en tête à tête avec Mme Butler, suggérai-je.

— Ton ami a raison, Freddie. Tout est ta faute et si tu n'avais pas insisté pour que ces gens mènent l'enquête, je m'en serais sortie.

— Pourquoi ne pas l'avoir persuadé de laisser la police faire son travail ? voulut savoir l'ami en question.

Les traits de Doris se tordirent en un affreux rictus.

— Il a trouvé si formidable que vous vous mêliez à l'enquête dans votre village qu'il s'est dit que vous pourriez recommencer. Je n'ai pas réussi à l'en dissuader. Et puis, après tout, j'ai pensé que si on vous demandait d'enquêter sur la mort d'Helen, tout le monde conclurait qu'on n'avait rien à cacher. C'est pour ça qu'on vous a dit la vérité au sujet de Janet.

Luke lui accorda un dernier regard avant de rejoindre Mme Percival. Il lui tendit la main pour l'aider à se lever.

— Vous devez être sous le choc. Que diriez-vous d'une tasse de thé ?

Je suivis l'exemple de Luke et cessai d'écouter les explications de Doris. Plus elle en rajoutait, plus je me rangeais à l'opinion de son mari : elle avait perdu l'esprit.

— J'aimerais récupérer quelques affaires de ma petite-fille, si possible, balbutia Betty.

Elle jeta un coup d'œil à son beau-frère, mais ne tenta pas de s'adresser à sa sœur.

— Bien sûr, répondit Freddie. Allons au presbytère.

— Tu trouveras l'argent dans le cellier, l'informa Doris d'une voix morne.

— Quel argent ?

Elle pouffa d'un rire jaune.

— Celui qu'Helen avait dans son sac. Je trouvais amusant de cacher le blé dans le garde-manger.

— Elle est complètement folle.

Ce disant, Freddie sortit du pub en toute hâte, Luke et Mme Percival derrière lui. La mère d'Helen me tendit la main.

— Venez avec nous, je vous en prie. Sans vous, je n'aurais peut-être jamais su de quelles bassesses ma sœur était capable. Vous êtes le genre de personne que j'aimerais avoir de mon côté.

J'étais très touchée et je n'avais pas le cœur de lui refuser ce souhait. Mais, en toute honnêteté, j'aurais préféré ne jamais retourner au presbytère et passer un instant de plus en compagnie de Freddie Butler.

Mon seul désir était de rentrer chez moi, à Westleham, de m'installer dans mon fauteuil, une tasse de thé à la lavande sur la table d'appoint, la radio allumée, et d'achever enfin le gilet que j'avais commencé à tricoter plus tôt dans l'année.

15

Au presbytère, nous nous rassemblâmes autour de la table de la cuisine. Freddie mit la bouilloire à chauffer puis rapporta du cellier une boîte à pain en émail écrue, qu'il posa au centre de la table. Il la scruta comme s'il s'agissait d'une bombe à retardement.

— J'ai essayé de suivre tout ce que vous avez dit, mais certaines choses m'échappent quand même, admit Betty, penaude.

— Que voulez-vous qu'on vous explique ? demandai-je.

Elle désigna la boîte à pain.

— Pour commencer, à qui appartient cet argent ?

— C'était l'argent de votre fille, qu'elle a reçu de plusieurs personnes au village.

Elle fit la grimace.

— Elles ne le lui ont pas vraiment donné de gaîté de cœur, d'après ce que j'ai compris. À qui revient-il, maintenant ?

Ne connaissant pas la réponse à cette question, je me tournai vers Luke.

— Janet est l'héritière d'Helen. Comme elle est mineure, je crois que c'est à vous de choisir ce que vous souhaitez en faire.

— J'espérais que vous disiez ça.

Elle tira la boîte à elle, souleva le couvercle et en sortit une pochette tricotée.

— Doris y rangeait sa brosse à cheveux et son peigne, expliqua Freddie. Elle aimait beaucoup le tricot.

Il se prit la tête dans les mains et des spasmes lui agitèrent les épaules. Écœuré, Luke secoua la tête et s'affaira dans la cuisine pour préparer le thé.

Betty vida la boîte sur la table.

— J'aimerais rendre l'argent que le jeune a volé à son employeur. Le reste devrait être placé sur un compte bancaire pour Janet. Tu n'es pas d'accord, Freddie ?

Il leva la tête.

— Moi ? Pourquoi me demandes-tu mon avis ?

Sa belle-sœur me jeta un regard confus.

— Je croyais qu'il était le père de Janet.

L'intéressé agita une main devant sa figure.

— Non, non. L'acte de naissance ne désigne aucun père.

Mon souffle se coupa et, l'espace d'un instant, je m'imaginai remonter dans le bus pour Westleham avec Ruby, Lizzie et la petite Janet. Si Freddie ne souhaitait plus de cette enfant qu'il avait chérie comme sa propre fille pendant cinq mois, je me ferais une joie de l'adopter. Je ne voyais pas d'autre moyen de devenir mère.

Betty semblait médusée.

— Tu n'en veux plus ? Après tout ce qui s'est passé, tu vas abandonner ta fille ?

— Ce n'est pas ma fille, répondit-il d'une voix étouffée, la figure de nouveau enfouie dans ses paumes. Je ne peux pas l'élever seul.

— C'est la seule chose sensée que je t'aie entendu dire depuis notre arrivée à Winteringham, dit Luke. J'ai honte de t'avoir un jour considéré comme un ami. Tu n'es pas digne d'être pasteur, ni père, et tu es un homme épouvantable.

Freddie releva de nouveau la tête et acquiesça lentement.

— Après toutes ces années, je reconnais enfin ton père en toi.

— Retire ce que tu viens de dire ! tonna Luke.

— Pas question ! Nous sommes amis depuis des années et tu me tournes le dos dès que les choses se corsent un peu, exactement comme l'a fait ton père.

Betty suivit l'échange entre les deux hommes avec une inquiétude manifeste. La remarque de Freddie m'intriguait. Se pouvait-il que le père de Luke ait abandonné sa famille comme Stan m'avait quittée ? Gagnée par une bouffée d'angoisse, je craignis d'avoir mal interprété l'affection que le pasteur me témoignait. Peut-être avait-il simplement de la peine pour moi, car ma situation lui rappelait celle de sa mère.

Son beau visage était déformé par la fureur. S'il lui prenait l'envie d'attaquer Freddie – ce qu'il semblait prêt à faire –, je serais incapable de le retenir.

— Dès que les choses se corsent un peu ? répéta-t-il. Ta femme a assassiné deux innocentes, dont sa propre nièce, et tu refuses de t'occuper d'une enfant que tu considères comme ta fille depuis sa naissance. Je ne renonce pas à notre amitié parce que ta vie va à vau-l'eau, mais parce que tu n'es pas celui que je pensais.

— Ta foi te permet-elle de choisir à qui tu tends la main ? rétorqua Freddie, moqueur.

Il semblait presque inciter Luke à lui balancer son poing dans le nez. Ce dernier inspira profondément, détendit ses mains crispées et retira la bouilloire sifflante du feu.

— Non. Mais mon intégrité, si.

— Dans tous les cas, vous n'avez demandé l'aide de personne, monsieur Butler, intervins-je, aussi calme que possible. Donc votre remarque ne tient pas.

— Sauf erreur de ma part, est-ce que ça signifie que je peux rentrer à Londres avec Janet et l'argent ?

Malgré le nœud qui m'étreignait le ventre, je souris à Betty. J'avais été idiote de m'imaginer, ne serait-ce qu'un instant, capable d'élever un enfant. Qu'aurais-je fait de cette petite ? Je n'aurais pas su comment la nourrir, je ne connaissais aucune berceuse et je n'aurais eu personne à qui la confier pendant que j'étais au jardin. C'était une idée absurde, qui prouvait qu'à force de passer trop de temps en compagnie de Luke Walker, je n'avais plus toute ma tête. Il éveillait en moi des rêves inaccessibles.

— Oui, madame Percival. J'en ai bien l'impression.

*

Après des adieux interminables à Annie, nous montâmes dans le dernier bus pour Westleham qui permettrait à Ruby d'arriver à l'heure au travail, le lendemain matin. Nous en étions à peine sortis que Mme Burnett se précipita à notre rencontre.

— Venez vite dans mon jardin, c'est urgent !

— Doux Jésus ! Encore un cadavre ? lança ma cadette, espiègle.

Luke et moi la réprimandâmes à l'unisson :

— Ruby !

Pour toute réponse, elle afficha un large sourire, prit notre voisine par le bras et l'accompagna dans l'allée de sa maison.

— Ne traînez pas, derrière ! nous héla Maud. Mme Garrett nous attend. Elle tient absolument à ouvrir une bouteille de votre gin qu'on gardait pour une occasion.

— Une occasion ? répétai-je.

— Eh bien oui ! Quoi de plus festif que la clôture d'une nouvelle enquête ? Vous avez bien démasqué le meurtrier, n'est-ce pas ?

— Bien entendu ! répondit fièrement Ruby. Allez, dépêche-toi, Martha ! Je meurs de soif.

Voyant Lizzie tirer joyeusement sur sa laisse pour suivre les deux femmes, Luke me libéra de mon sac. Lorsque ses doigts effleurèrent les miens, mes joues s'empourprèrent. J'aurais aimé parvenir à maîtriser les réactions qu'il déclenchait en moi, mais en vain. Si seulement j'avais été aussi émue au contact de Stan, peut-être ne serait-il jamais parti.

— Ah, vous voilà enfin ! soupira Ada lorsque nous la rejoignîmes dans le jardin, derrière la maison de Maud. Je suis contente de vous voir. On se faisait un sang d'encre, Maud et moi.

— Ne l'écoutez pas, intervint celle-ci. On ne s'inquiétait pas du tout, mais c'est vrai qu'on avait hâte de savoir.

— De savoir quoi ? demandai-je, l'air innocent.

— Asseyez-vous, ordonna ma voisine. Et ne faites pas l'idiote. Vous savez très bien de quoi je veux parler. Racontez-nous tout ce qui s'est passé du moment où nous avons quitté Winteringham à celui où vous avez arrêté l'assassin. Et n'omettez aucun détail ! Sinon, je le saurai.

L'enthousiasme de Maud me tira un sourire. Malgré tout, je sentais que quelque chose avait irrévocablement altéré ma relation avec Luke. Un fossé, qui n'existait pas avant notre séjour à Winteringham (pas même lorsqu'il avait cru que c'était à moi que l'inspecteur Robertson venait rendre visite), s'était creusé entre nous.

— Un instant, madame Burnett, l'interrompit-il, une main levée. Vous n'aviez pas peur pour nous ?

— Bien sûr que non. Je savais que vous alliez enquêter assidûment pour démasquer le meurtrier et que vous y arriveriez avant qu'il ait la moindre chance de vous faire du mal. Allez, dites-moi : est-ce que c'était le médecin ?

Ruby accepta le verre de gin à la citronnade que lui tendait Ada.

— Vous ne devinerez jamais ! Moi-même, j'ai eu du mal à le croire quand on me l'a annoncé.

— Vous n'étiez pas là ?

— Non, j'ai emmené Janet se promener pour qu'elle n'assiste pas à la discussion, répondit ma cadette avant d'esquisser un sourire songeur. C'est une enfant adorable.

Maud me donna un coup de coude vigoureux.

— Vous avez vu ce regard ?

— Quel regard ? questionnai-je, même si je m'attendais déjà à la réponse.

— C'est celui d'une jeune femme amoureuse ! Elle imagine déjà son mariage et ses futurs bébés inspecteurs.

— N'importe quoi ! rétorqua Ruby, qui ne parvint pourtant pas à se départir de son sourire. L'inspecteur Robertson et moi sommes bons amis, voilà tout. Je n'ai pas l'intention de me marier tout de suite.

— Ben voyons ! ricana ma voisine avant de me tapoter la main. Ne vous en faites pas si vous n'avez pas les moyens de vous offrir un chapeau digne de ce nom. J'en ai plusieurs qui vous iraient sûrement très bien.

Je doutais fort que ses couvre-chefs datant de la fin du XIXe siècle puissent faire fureur à un mariage de l'après-guerre, mais je m'abstins de le faire remarquer. Sans compter que le prétendant de Ruby n'avait pas encore fait sa demande – ma petite sœur avait donc tout le temps de penser à ses noces.

— Veux-tu bien te taire et laisser Martha parler ? lança Ada. Je veux savoir qui est l'assassin.

*

Lorsque j'eus terminé de régaler mes voisines en leur racontant comment Doris Butler avait assassiné sa propre nièce puis sa bonne à tout faire, j'avais la gorge si sèche que je pris congé pour aller me servir un verre d'eau dans la cuisine.

Quelques instants plus tard, Luke y entra par la porte de derrière et tendit le pichet de citronnade vide.

— Elles m'ont envoyé le remplir. Apparemment, il y en a une grande cruche dans le cellier.

Maud était une sacrée entremetteuse. Elle ne semblait pas se soucier du fait que je sois toujours mariée et que Luke soit pasteur. Quand bien même Stan rentrerait à Westleham et demanderait subitement le divorce, toute relation entre Luke et moi demeurerait impossible.

C'était la première fois que nous nous retrouvions seuls depuis le dénouement de l'enquête au Railway Inn.

— Je suis désolée.

Il arqua un sourcil.

— De quoi ? De m'avoir exclu de vos délibérations finales ? Ou y a-t-il une autre raison ?

— Non, de vous avoir exclu. Mais je regrette aussi que votre amitié avec Freddie ait si mal tourné.

J'aurais volontiers ajouté quelques mots au sujet de son père, mais il n'aimerait sûrement pas que je me mêle de ses affaires personnelles.

— Dites-moi, Martha… Avant de commencer votre comédie au pub, vous n'étiez pas sûre de la conclusion ?

— Pour ainsi dire, si. Mais il était tout à fait possible que je me sois trompée.

— J'aurais aimé que vous me mettiez dans la confidence, admit-il, l'air morose.

— Mais vous comprenez pourquoi je ne l'ai pas fait, n'est-ce pas ? Pourquoi c'était impossible ?

Il détourna le regard.

— Vous m'avez dupé comme les autres. Ça ne m'a pas plu.

— Je vous demande pardon.

Je brûlais de tendre la main, de le toucher, mais l'idée qu'il me rejette, d'un simple changement de ton ou d'expression, m'était intolérable. J'aurais aimé trouver les mots pour lui expliquer que c'était le seul moyen pour moi de révéler l'identité du tueur.

— En vous le disant, j'aurais pris le risque que vous éveilliez les soupçons de Doris.

— Vous me connaissez, pourtant. Vous devriez savoir que je n'aurais jamais fait une chose pareille. Je tenais autant que vous à la voir payer pour ses crimes.

— Les Butler étaient vos amis, Luke. C'était déjà suffisamment difficile de contraindre Doris à passer aux aveux sachant comment les choses allaient tourner. Je ne pouvais pas me permettre de risquer l'inconnu.

— Vous ne me faites pas confiance.

— C'est faux, assurai-je en secouant la tête pour appuyer mes dires.

L'air dépité, il me tourna le dos et regagna le jardin. Impuissante, je ne le retins pas.

Remerciements

Je tiens à remercier Emily, mon adorable éditrice, qui est restée patiente et m'a soutenue malgré les crises de doute et les nombreux problèmes personnels que j'ai traversés cette année. Merci infiniment !
J'aimerais également témoigner ma gratitude aux deux meilleurs officiers d'état civil du pays pour leurs conseils avisés et nos agréables échanges. Vous vous reconnaîtrez !

UN SOUPÇON DE POISON

CATHERINE COLES

À Westleham, au cœur de la campagne anglaise, c'est le calme plat. Seule distraction à l'horizon : la kermesse de la paroisse. Martha Miller, que les rumeurs accusent d'avoir enterré son mari dans son jardin après la guerre, compte bien sur cette fête pour redorer sa réputation. Pour l'occasion, elle dégaine son fameux gin aux prunes fait maison. Une boisson délicieuse que les villageois sifflent avec plaisir. Jusqu'au moment où – catastrophe – la présidente du comité des fêtes, s'effondre raide morte après avoir avalé cul sec un verre de gin. Il n'en faut pas plus pour que tout le monde ou presque accuse Martha de l'avoir empoisonnée ! Pour ne pas boire le calice jusqu'à la lie et laver son honneur, une seule solution : découvrir le vrai coupable avec l'aide providentielle de Luke, le nouveau pasteur du village qui a le bon goût d'être célibataire et beau comme un dieu…

Les enquêtes de Martha Miller.

city-editions.com

Achevé d'imprimer en mai 2023
sur les presses de la Nouvelle Imprimerie Laballery
58500 Clamecy
Numéro d'impression : 305059

Imprimé en France

La Nouvelle Imprimerie Laballery est titulaire de la marque Imprim'Vert®